リュート

皿．鍋島テツヒロ

目覚めたら最強装備と宇宙船持ちだったので、一戸建て目指して傭兵として自由に生きたい

6

口絵・本文イラスト
鍋島 テツヒロ

装丁
coil

CONTENTS

プロローグ

誰かに揺さぶられて目が覚めた。

微睡《まどろ》みの中、まだはっきりしない意識の向こう側から明るい声と、少し遠慮がちな声が聞こえてくる。重い瞼《まぶた》を開いて身体《からだ》を揺する人物に目を向けると、そこにはなんだか妙に楽しそうな顔をしながら俺の身体を揺さぶる赤い髪の少女と、その少女の蛮行を止めようとしている青い髪の少女の姿があった。

俺が目を覚ましたことに気づいたようで、二対の琥珀《こはく》色の瞳《ひとみ》が俺の顔を覗《のぞ》き込んでくる。俺の顔を覗き込む二人の顔は驚くほど似ており、彼女達が双子の姉妹であるということが見て取れる。

ええと、この子達は……？

「兄さん、もう少しで目的地やって」

「あの、起こすようにってメイさんに言われて」

そうだ、思い出した。

妙な似非《えせ》関西弁のような言葉で話す赤い髪の少女の名はティーナ。彼女に比べて大人《おとな》しい印象の青い髪の少女の名がウィスカ。二人は俺の船に乗っている整備士の姉妹だ。

「……おはよう。二人とも」

「おはようさん。ねぼすけさんやな、兄さん」

「おはようございます、お兄さん」

☆★☆

「なんや、一瞬うちらのことがわからんかったん？　薄情やなー」

「薄情と言われるほど深い関係じゃないと思うんだが」

「そ、そうですよね。そういうのは、まだですし」

背の高さが俺の胸くらいまでしかない整備士姉妹に左右から挟まれながら、俺は宇宙船の通路を歩いていた。この宇宙船は俺の船で、小型船を二隻格納し、更に１８０ｔの荷物を積むことができるスキーズブラズニル級航宙母艦『ブラックロータス』である。

格納庫には俺の愛機である小型戦闘艦『クリシュナ』が格納されており、いざ戦闘となれば俺はクルーと共にクリシュナに飛び乗って颯爽《さっそう》と出撃することになる。

このブラックロータスには小型艦を格納、整備する施設と優秀な二名のエンジニアが揃《そろ》っており、クリシュナよりも遥《はる》かに大きな船体にはその大きさ相応の物資を積み込むことができる。要は、移動型の拠点みたいなものだな。

「そういうの、なぁ……意外とムッツリやろ？」

「そうだな、意外とな。そこで言葉を濁す辺りが」

「慎み深いだけですっ！」

俺とティーナにからかわれたウィスカが顔を真《ま》っ赤《か》にしてプンプンと怒っている。ははは、可愛《かわい》いな。

彼女達はとても背が低い。背が低いと言うか、単純に身体が小さい。何故《なぜ》かと言うと、彼女達はドワーフと呼ばれている種族で、人間ではないからである。そう、ドワーフなのである。ファンタジーによく出てくる種族ナンバー2のドワーフだ。いや、エルフと並んで同率一位だろうか？　力が強く、身体が頑強で、手先も器用。鍛冶《かじ》などの工芸品作りに長《た》け、地下に住む矮躯《わいく》の妖精《ようせい》――というのがドワーフという存在の一般的なイメージなのではないだろうか？　ドワーフの女性は男性と同じく髭《ひげ》が生えているという作品も多いが、最近は成長しても人間の少女にしか見えないという作品も増えてきている。

この世界のドワーフは後者のタイプで、一見少女に見えるこの姉妹はれっきとした淑女と言える年齢であるらしい。俺の胸ほどまでしか身長がない彼女達の年齢はなんと驚きの二十七歳だ。俺とほぼ同年齢《タメ》である。

「で、兄さんは一体いつになったらうちらに手を出してくれるん？」

「えー……だってお前、無理だろう？」

そう言って俺はこちらを見上げてくるティーナのお腹《なか》の辺りに視線を向ける。仮に俺と彼女達がそういった行為をするとして、それは物理的に実現可能なのか？　という疑問が先に立つ。何せ彼女達は身体が小さいので。

「大丈夫やろ。うちらはドワーフやからな。身体は頑丈やし」

「そういう問題か……？」

「そういう問題やって今自分で言うたやん？」

「……確かに」

　俺の言動はそういうものだったな。

「二人のことは可愛いと思っているし、頭では大人の女性だってこともわかっているんだけどな。まぁその、頭ではわかっていても君達のような見た目の女性に手を出すというのはこう、倫理観というか俺の危険センサーが邪魔をしてな？」

「わ、私達は子供じゃないですよ」

「せやで。まぁ乙女ではあるけど。ピッカピカの未開封新品やで？　ウィスカはどうか知らんけど」

「私も未開封新品だよっ！　もうっ！」

　怒ったウィスカがティーナに掴《つか》みかかる。うん、そうやって割とすぐ肉体言語に走る辺りとかが人間の俺から見ると子供っぽいというか、大人の女性らしくなくて手を出すのを躊躇《ため》わせる要因になってるんだけどな。ドワーフ的にはこれくらいの肉体言語による対話は普通のことみたいだけど。

「言い方。うら若き乙女が未開封新品とか大きな声で言うんじゃありません。というか、例の慣習を意識してそんな義務的に関係を持とうとしなくても良いんだぞ。俺としてはあの慣習はどうかと思うし」

　俺が迷い込んだこの世界には摩訶不思議《まかふしぎ》な慣習というものがいくつも存在するらしい。その数多《あまた》あるという慣習の中で、俺を最初に仰天させたものがほかならぬ『男の船とそれに乗る女』に関する慣習だ。

　人々が恒星間航行技術を手に入れた当初、恒星間移動にかかる時間は非常に長かった。初期の恒星間航行技術だと、恒星系から恒星系へと移動するのに一年近くの時間がかかることもあったらしい。そんな状況で男女が一緒の船に乗っていると、まぁ余程の事故が起こらない限りはくっついてしまうことが多かったようで……つまり男の船に女が乗ると、半自動的に『そういう関係』になるものなのだと考えられるようになってしまったらしい。

つまり、男が自分の船に乗るように女に言うということは遠回しに『俺の女になれ』と言っていることに等しく、それを了承した女は『はい、わかりました』と言ったに等しいことになってしまうと。逆に女の方から貴方《あなた》の船に乗せてください、と言うことは『貴方の女になります』と言うことに等しいと。

で、クリシュナとブラックロータスだが、これはどちらも俺の持ち船である。そんな船に乗っているティーナとウィスカも当然ながらその慣習が適用される対象となるわけで、俺はまだ手を出していないが、世間的には俺の情婦として見られるのだということだ。

「それに、二人は会社から出向するように命令されて乗ってるわけだし、慣習からは外れるんじゃないのか？」

彼女達は俺の船に乗っているが、それは彼女達の自由意志によるものでなく、彼女達が所属するスペース・ドウェルグ社の業務命令によるものである。つまり、二人の雇い主は俺ではなくブラックロータスの製造元であるスペース・ドウェルグ社であるというわけだな。彼女達はスキーズブラズニル級母艦の最新ロットであるブラックロータスの整備とデータ取りのために派遣された人員なのだ。少なくとも建前上は。

「そんな甘い話があるかいな。それも込みでスペース・ドウェルグ社はうちらをこの船に赴任させたに決まっとるやろ？」

肉体言語による会話を終えたティーナがごく自然な動作で再び俺の右手を取って歩き始める。それに遅れてウィスカも左手を取って歩き始めた。どうやら肉体言語による会話は姉の勝利に終わったらしい。

「お前らそれで良いのか……？」

「嫌なら断っとるよ。兄さんはうちら相手は嫌なん？」

「ストレートに聞いてくるね」

二人とそういう関係になるのは嫌なのか？　と言われると別に嫌ではない。俺は据《す》え膳《ぜん》は遠慮なく頂く主義だ。ただ、立場を使って無理矢理とか、義務感でというのは趣味じゃない。

「まぁ、機会があればな。義務感でとかじゃないなら断る理由はない」

「そっか。ならあとはタイミングやな」

「そうだな。ムードとかな」

「うちにそういうのは難しいで……ウィスカ？」

俺とティーナが割とあけすけに話しているうちにウィスカは羞恥心《しゅうちしん》が限界に来ていたらしく、俺と手を繋《つな》いで歩きながら顔を真っ赤にしてしまっていた。

「刺激が強すぎたようだぞ、お姉ちゃん」

「ウィスカはむっつりやなぁ」

「む、む、むっつりじゃないもんっ！」

「痛い痛い。俺を叩《たた》くな、俺を」

顔を真っ赤にしたウィスカが涙目になりながら繋いでいた手を振り払って俺をベシベシと叩く。

ナリは小さくてもドワーフなので、力が強くてとても痛い。やめて。

俺はウィスカを宥《なだ》めながらブラックロータスのコックピットへと向かうのであった。

☆★☆

ティーナとウィスカに手を引かれたり叩かれたりしながら向かったブラックロータスのコックピットには三人の女性が待ち構えていた。いや、待ち構えているわけではないか。普通に席に着いているだけだ。

「ヒロ様、もう少しで到着です！」

俺がコックピットに入るなり振り返って笑みを浮かべたのはミミだ。俺の船の最初のクルーで、元はコロニーに住んでいた普通の女の子である。身体《からだ》が小さいのに立派なお胸を持っている美少女で、今は俺の船のオペレーター兼補給係として船の運行や物資の補給、それに戦利品や交易品の売り買いなどを一手に引き受けるべく猛勉強中である。俺にこの世界の慣習を最初に実感させてくれた女の子でもある。

「あまり寝られなかったでしょう？　向こうに着いて用事を済ませたらすぐに寝ていいからね」

次に声をかけてきたのは銀髪で、耳の尖《とが》った美人さんである。彼女の名前はエルマ。ベテランの傭兵《ようへい》で、ちょっとしたポカをやらかして酷《ひど》いことになりそうになっていたところを俺が助けた縁でこの船に乗っているエルフの女性である。

そう、エルフである。ファンタジーと言えばエルフ、エルフと言えばファンタジーとも言えるメジャーな種族である。美男美女揃《ぞろ》いで、耳が尖っていて、魔法が使えて、寿命が長いエルフである。

宇宙船が飛び交い、レーザー砲撃や電磁投射砲などが戦いのメインウェポンであるこのSF世界にエルフ？　と思わなくもないのだが、実在するものは仕方がない。滅多に使わないが、本当に魔法も使うことができるエルフである。

「ご主人様。凡《およ》そ十五分後に通常空間にワープアウトします」

最後に声をかけてきたのは黒髪のロングヘアーを腰まで伸ばした怜悧《れいり》な顔つきの長身のメイドさんである。彼女の名前はメイ。見た目は人間に見えるが、両耳の部分にアンテナのようなメカニカルパーツが露出している。彼女は女性型のアンドロイドで、その中でもメイドとして主《あるじ》に仕えるために製造されたメイドロイドと呼ばれる類の存在である。

アンドロイドと言っても小型の陽電子頭脳を搭載した彼女は機械知性と呼ばれる存在であり、一応であるが俺達の滞在している帝国の法のもとに一定の人権を有している。この帝国における機械知性の存在というのは語り始めるとキリがないほど複雑な立場なのだが、とにかく彼女は俺に購入され、そして俺に尽くしてくれる存在だ。

購入する際に値段などを全く気にせずに最高の素材と最高のパーツを惜しみなく使ってカスタマイズしたので、彼女のスペックはメイドロイドとしては規格外とも言えるものになっている。ぶっちゃけて言うとパワーアーマーを装備しても俺が彼女に勝てる可能性はあまり高くないだろうというレベルで強い。肉弾戦においては間違いなくこの船最強の存在であろう。

「一応俺とミミとエルマはクリシュナで待機していたほうが良いかな」

「そうね、そのほうが良いと思うわ。向こうには帝国軍がいるのだから滅多なことはないと思うけど」

　そう言ってエルマが席を立ち、ミミもそれに倣う。メイは席を立たず、この場に残ってブラックロータスの操作を続けることになる。

「どうだった？　ブラックロータスは」

「まだ少しだけだからなんとも。一番苦労するのはヒロだと思うわよ」

「そうですね。私はレーダーとセンサー系だけですから、クリシュナとあんまり変わらないと感じましたけど、操縦となるとクリシュナとはかなり勝手が違うんじゃないですか？」

「まぁ、そうだよな。メイ、この場は任せるぞ」

「はい、お任せください」

　メイにこの場を任せ、ミミとエルマを連れてクリシュナへと向かう。ティーナとウィスカも格納庫近くにある自分達の部屋に戻って待機するつもりのようで、俺達の後ろについてきた。

「俺達が操縦する機会はそうないと思うけど、一応は訓練しておかないとな」

「そうね。何かの都合でメイがブラックロータスの操作をできない状況っていうのも有り得るわけだし」

　基本的にこのブラックロータスに関しては全《すべ》ての制御を機械知性であるメイに任せることになっているが、エルマの言う通り何かあった場合には俺達がこのブラックロータスを動かさなければならないことも考えられる。それを考慮して目的の恒星系に向かう際の暇な時間にコックピットのシミュレーターを使って操作の慣熟訓練をしていたのだ。

「結晶生命体との最前線ねぇ……用心するに越したことはないよな」

「そうね、用心するに越したことはないわね。舐《な》めてかかって奴《やつ》らに同化吸収されるのは嫌だし」

もうじきワープアウトするイズルークス星系は帝国航宙軍と結晶生命体と呼ばれる宇宙怪獣の最前線である。結晶生命体というのは中々に厄介な存在で、その繁殖速度と高い攻撃性に天下の帝国航宙軍も手を焼いているらしい。奴ら、一体一体はそんなに強くないんだけどとにかく群れで来るし、シールドを破られて装甲や船体に食い込まれると危険度が跳ね上がるからなぁ。

「おっかないなぁ」

「大丈夫、ですよね？」

「ヒロ様なら何の心配もいりませんよ。結晶生命体とベレベレム連邦軍が入り乱れる戦場でも船に損傷なく大戦果を挙げましたし」

「なにそれこわい」

あったな、そんなことも。歌う水晶を使ってベレベレム連邦の連中を轢《ひ》き殺《ころ》してやったのも良い思い出だ。奴らにとっては災難だっただろうけど。

「奴らにインターディクト能力はないし、超光速ドライブを起動中は何にも起こらないから大丈夫さ。目的地の前哨基地《アウトポスト》が襲われてでもいない限り、俺達の出る幕はない」

「ヒロがそういうことを言うと、アウトポストが襲われてたりするのよねぇ……」

「やめろよ縁起でもない」

「前にクリシュナの試運転に出た時も……」

「アカン」

皆して酷いな。そんなことがそうそうあるわけがないだろう？　あったとしても帝国軍のアウトポストがどうにかなっているわけないだろうが。

#1：俺は悪くねぇ！

「んんー……？」

最初に異常に気づいたのはミミだった。いや、正確にはミミがそんな声を上げる原因となったデータをデータリンクでクリシュナに送ってきたメイか。とにかく、クリシュナのコックピットで最初に異常に気づいたのはミミであった。

「どうした？」

俺の中では既に嫌な予感が加速度的に増加している。隣のサブパイロットシートに座っているエルマも同じように思っているのか、眉間《みけん》に皺《しわ》を寄せながらコンソールを操作してブラックロータスから送られてきているレーダーやセンサー関連のデータを確認しているようだった。俺も同じようにコンソールを操作して情報を確かめる。

「これ、アウトポストですよね……交戦してません？」

「ヒロ……」

「ヒロ様……」

「俺ぇ!?　俺が悪いの!?」

流石《さすが》にそれは理不尽ではなかろうか？　俺が言ったからフラグが立つなんてことあるわけがないじゃないか。俺にそんな運命操作能力があったらもっと有意義なことに使うよ。と、思っていたら整備士姉妹から通信が入った。

『兄さん……』

『お兄さん……』

「俺は悪くねぇ！」

というかそれを言うためだけに通信を入れてくるんじゃない。姉妹との通信を切りながら俺はメイとの通信回線を開く。

「状況は把握した。戦闘に巻き込まれる可能性が高いから、安全を最優先に、出し惜しみはナシだ」

『安全を最優先に、ということであれば事態が落ち着くまで様子を見るという手もありますが』

「それも手ではあるけどなぁ……まぁ状況の詳細を確認してからだな。アウトポスト付近で防衛戦闘をしている帝国軍側が負けるとはあまり考えられないが、あまりにも劣勢だったら逃げることも視野に入れる」

明らかに劣勢な中に突っ込んで死ぬのは御免だ。勝ち馬に乗るのは良いけどな。

とは言っても、前線基地に配備されている固定型の防御兵器というのはそれはもう強力なものばかりだし、それに駐留部隊も加わって戦っているというのであれば帝国側が劣勢ということはほぼないと思うけど。

『承知致しました。間もなくイズルークス星系アウトポストに到着致します。通常空間への帰還まであと三十秒です』

「了解。いつでもクリシュナを射出できるようにしておいてくれ」

『はい、お任せください』

メイとの通信が切れたのを見計らってメインモニターの設定を変更し、ブラックロータスの光学センサーが捉《とら》えた映像を投影できるようにする。

「さぁて、どんなもんかな」

画面上で線のように流れていた星々がその動きを止める。超光速ドライブ開始時、終了時に聞こえる轟音《ごうおん》が聞こえないのは、クリシュナがブラックロータスの格納庫内にいるからだろう。

まぁそんなことはどうでもいい。戦況は……戦況は……？

「あれ？　思ったより拮抗《きっこう》してないか？」

「そうみたいね」

「うわぁ……凄《すご》い数」

ミミが大量の結晶生命体と交戦している帝国軍のアウトポストとその駐留部隊を見て顔を青くしている。これはあれだな、ちょっとした小競り合いという域を超えているな。

小型の結晶生命体がアウトポストや帝国航宙軍の船に向かって突撃をかけてはシールドに弾《はじ》かれて迎撃され、中型の結晶生命体は光弾や光線で攻撃を行っては反撃で粉砕され、大型の結晶生命体からは小型や中型の結晶生命体が次々と生まれ出ては帝国航宙軍に襲いかかっている。

今のところ、帝国軍側の迎撃が結晶生命体を寄せ付けていないようだが、帝国軍側の攻撃も小型種や中型種の壁に阻まれて殆《ほとん》ど大型種に届いていない。

小型、中型種を生み出す大型種とて無限にそれらを生み出せるわけではないので、このまま迎撃を続けていればそのうち結晶生命体側はその数を減らすことになるだろうが、それは帝国軍側も同じで、無限にその迎撃能力を維持できるわけでもない。

「壮絶な消耗戦になっているな」

「そうね。アウトポストや駐留部隊の残存物資量や疲労度によっては戦況が傾く可能性があるわね」

「やるかぁ……メイ」

『はい』

「回頭してハッチを一番右側の大型種に向けてくれ。クリシュナを最大速度で射出後、再回頭して援護を頼む。あと、帝国航宙軍に通信をして大型種を叩《たた》く旨を伝えるのと、報酬を弾むように交渉しておいてくれ」

『かしこまりました』

ブラックロータスのハンガーハッチは船体下部後方にある。ハンガーのカタパルトを用いて前方の目標に小型艦を高速射出したい場合、一度回頭して後部を目標の方向に向けなければならない。元々追い縋《すが》ってくる敵艦への迎撃機を発進させるハッチだからね。こういう迎撃機を鉄砲玉にするような運用にはそもそも向いてねぇんだ。

「結局やるのね……というかあの中に突っ込むのね」

「エルマさん、いつものことです」

嫌そうな顔をするエルマに対し、ミミはもうなんか半ば悟ったような表情になってるな。よく訓練されてきて結構なことだ。

と、ミミの成長に感心していたらどうやら回頭が完了したようだ。ハッチが開き、帝国航宙軍と結晶生命体が激戦を繰り広げている戦場が真正面に見えてくる。

『進路上に多数の結晶生命体がいますが』

「構わん、出してくれ」

『承知致しました。ご武運を』

メイの声と同時にクリシュナの慣性制御装置でも殺しきれないほどのGが発生し、全身がパイロットシートに押し付けられるような感覚が襲いかかってくる。やっぱり外部要因による加速には慣性制御装置の効きが甘いな。

「プランはっ⁉」

強いGに耐えながらエルマが叫ぶように問いかけてくる。

「最大速度で突っ込んで、対応される前に対艦魚雷を大型種にぶち込んで颯爽《さっそう》と逃げる！　つまり側面からの突破だ！」

「そ、それっ……作戦ですか……っ⁉」

ミミが苦しそうな声で突っ込んでくるが、勝算はある。奴《やつ》らは帝国軍と真正面から殴り合っているので、その敵意は完全に帝国軍に向いている。つまり、今なら奴らの不意を突きやすい。

無論、それも簡単には行かない。ある程度連携して敵へと攻撃する中型種以上の結晶生命体はともかくとして、ほぼ本能と反射のみで動く小型種はクリシュナに向かってくる可能性が高いからな。だが、精々砲弾のように自らの破片を撃ち出してくるか、体当たりするかくらいしか攻撃手段のない小型種の攻撃ではクリシュナのシールドを削り切るのは難しい。互いに加速した状態で正面衝突でもすればわからないが、そんなヘボは俺がやらかさない。

中型種以上の結晶生命体は反応が遅いから、こちらに敵意を向けた時には俺はもうその空間を駆け抜けている。中には追ってくる奴もいるかもしれないが、結晶生命体がひしめいている中では奴らも同士討ちを避けるために強力な光弾攻撃や光線攻撃は放てないし、身体《からだ》が大きくなればそう簡単には他の個体を押《お》し退《の》けて俺を追うこともままならない。

そうやってもたついている間にクリシュナは敵大型種に肉薄して対艦反応弾頭魚雷をぶち込んでやるってわけだ。

「そらっ、行くぞ！　ウェポンシステム起動！　歯ぁ食い縛っておけ！」

「了解！」

「はいっ！」

クリシュナは更に加速して結晶生命体の群れへと突っ込んでいく。無論、それに反応して小型種が向かってくるが、俺は回避に専念して発砲を控えた。何故《なぜ》かと言えば、下手《へた》に発砲して敵意《ヘイト》が帝国軍ではなくこちらに向いたら、一気に押《お》し潰《つぶ》されてしまう恐れがあるからである。

無論、最終的には多くの結晶生命体から敵意を向けられることになるのだが、今はまだその時ではない。

「ひゃあああぁぁぁぁぁっほぉぉぉぉぉう！」

キラキラと輝く結晶生命体の間を縫うようにすり抜けながらただひたすらに大型種に向かって突き進む。結晶生命体は見た目だけならきらびやかで綺麗《きれい》なんだよな。トゲトゲした宝石でできた矢じりみたいな感じだ。しかも色とりどりで実に美しい。

「危機的状況のはずなのに、実はあまりやることがないのよね」

「私も、こうも乱戦だとサポートのしようがないです……」

破片弾程度じゃクリシュナのシールドはそう減衰しないからシールドセルをバンバン使うような

状況じゃないし、下手に群れの中でチャフやＥＣＭを使うと結晶生命体の注意を惹《ひ》きかねないからな。ミミに至っては俺の視界の隅に短距離レーダーと中距離レーダーのウィンドウを置いたらもう殆どすることがない。というか、警告を発しようとしても、この距離だと間に合わないんだよな。船の近距離センサーが発する警報のほうが早いし。

「っしゃオラァ！」

ついに小型種と中型種の壁を抜け、大型種に肉薄した。ここまで近づくと大型種から射出されたばかりの小型種やここに来る過程で注意を惹いてしまった中型種が俺の後ろで集団を形成しつつあったが、時既に遅しだ。

「まず一発目！」

クリシュナの下部ウェポンデッキから射出された反応弾頭搭載の対艦魚雷が凄《すさ》まじいスピードで大型種へと突き進んでいく。本来対艦魚雷というものは弾速が遅いものなのだが、今のクリシュナのように発射する機体そのものが高速で動いていると、その慣性が対艦魚雷に乗るようになっている。結果として、高速移動しているクリシュナとほぼ同じスピードで対艦魚雷は宇宙空間を突き進むことになるわけだ。

弾頭が炸裂《さくれつ》する前に俺はクリシュナの進路を変え、次の目標に艦首を向ける。そうして数秒後、艦の後方で対艦魚雷の反応弾頭が盛大に炸裂した。バックモニターの映像では目標の大型種だけでなく、クリシュナを追ってきていた小型種も相当数が爆発に巻き込まれたようだ。奴らはシールドを展開しているわけではないから、ああいった爆発に巻き込まれると飛び散った味方の破片で損傷するケースがままあるんだよな。

「よーし、次行ってみようか！」

「はいはい、シールドはちゃんと管理するからご自由に」

「私も追ってくる敵の量が多くなりすぎたら警告しますね」

景気よく一匹目の大型種を撃滅した俺は意気揚々と次の獲物へと向かうのであった。

さぁ、思う存分引《ひ》っ掻《か》き回してやろうじゃないか。

□■□

戦況は良くなかった。だが、悪いとも言えない。このまま行けばこちらが競り勝つだろう。敵を撃滅するまでに何隻かの船は食われる可能性があるが、前線基地の迎撃兵器群に被害を出さなければそのうち競り勝つ。問題は――。

「徐々に手が回らなくなってきていますね」

「まだ余裕はありますが……」

「それも時間の問題です。さて、どうしたものか」

そう、問題は敵を撃滅するまでに食われる何隻かの船のうちの一隻がこの船、戦艦レスタリアスであるということだろう。

今はまだシールドの容量にも余裕があるし、対空攻撃も上手《うま》くいっている。艦載機のパイロット達も奮闘してくれている。だが、今迎撃している結晶生命体の後ろには更に多くの結晶生命体が控えており、その波は私達を呑《の》み込みつつある。あの数に一度呑まれてしまえばいくらレスタリアスが帝国の誇る最新鋭の戦艦とは言っても長くは保《も》たないだろう。

「いざとなれば少佐には脱出艇で――」

「シールドもない脱出艇では脱出したとしても生き残れないでしょう。何より、クルーより先に脱出することなどできません。艦長としても、帝国貴族の一員としてもね」

この艦単体で見れば徐々に押され気味だが、全体としては徐々に押し返しているはずだ。他の艦の戦況が良くなれば援護が入るかもしれない。そうすれば、この艦の生存確率も上がるはず。

「とは言え、何かイレギュラーが起きなければ……」

と、呟《つぶや》いたその時だった。通信手から連絡が入ったのは。

「傭兵《ようへい》ギルド所属の船から援護に入ると通信が」

「傭兵ギルドの？　基地にいる傭兵はポイントＳ－０２に投入されているはずではありませんでしたか？」

「今しがたこちらに到着したようです。スキーズブラズニル級の母艦、それも砲艦仕様だそうで」

「砲艦仕様……？　それは助かりますが」

どの程度の火力を備えているかはわからないが、スキーズブラズニル級と言えばスペース・ドウエルグ社の大型――いや、中型航宙母艦だったはずだ。それなりに期待はできる。

「レスタリアスの後ろについて援護をするように指示を出してください。小型種の迎撃を――」

と言っている間に閃光《せんこう》が走り、我々が攻撃目標としていた中型種の鼻っ柱に光の尾を引く何かが命中した。中型種に大穴が空き、中程から後ろ側が粉砕されて宇宙空間に飛び散る。

「……今のは？」

「援護を申し出てきた船――ブラックロータスという名前のようです。あの船が放った攻撃かと……恐らく大型の電磁投射砲《EML》ではないでしょうか」

「EMLとはまた随分なイロモノを……威力の高さは凄まじいものですが」

「命中率が低くて軍で正式採用されることはないですからね。威力が高くても当たらなくては意味がないですし」

私は手元のコンソールを操作してレスタリアスの光学センサーが拾ったブラックロータスの姿を眺めてみる。黒に近い紺色に塗装された外観はどこかあの人の船を連想させるものがある。ダレインワルド伯爵の船を護衛してゲートウェイを使ってどこかに行ってしまったので、もう追跡もできなくなってしまったけれど……彼は元気でやっているのだろうか？

「なかなかの火力ですね」

「そうですね。傭兵が使う船としてはかなりのものかと」

ブラックロータスはコンシールド装甲で艦の各所に隠蔽《いんぺい》されていた武装を展開し、怒涛《どとう》の勢いでレーザーやシーカーミサイルを発射していた。レーザー十二門にミサイルポッドが十門、それに艦首のEML。普段はコンシールド装甲で隠蔽しているところを見ると、武装していることを隠したいという意図が透けて見えてくる。

何から？　傭兵の船なのだから、それは勿論《もちろん》宙賊からだろう。輸送艦に見せかけて、実は重武装の砲艦。黒い蓮《はす》は油断して近づいてきた宙賊を食い殺す毒の花というわけだ。

「いや……」

彼にあの釣り餌戦術を教えてもらい、我々なりに相応の研鑽《けんさん》を積んだ。より研鑽を積むために他の傭兵にもオブザーバーとしてアドバイスを受けたりもした。そんな彼らをして『よくこんな悪辣《あくらつ》な手を思いつくな……帝国軍こええ』などと言わしめたその戦術を前提としたあの艦は何かおかしくはないだろうか？

艦首に大型ＥＭＬを積んでいるというのもいかにも怪しい。確か彼の船には超近距離戦用のシャードキャノンが装備されていたはずだ。ＥＭＬもシャードキャノンもどちらもキワモノ装備という意味では類似性が高い。

「あの船のオーナーを調べてください」

「はっ？　はっ！」

傍《そば》に控えている副官が一瞬『こんな時に何を？』というような顔をしたが、彼は職務に忠実だった。すぐにコンソールを操作してデータバンクへのアクセスを始める。

「しょ、少佐っ！」

「何です？」

「ブラックロータスからの通信で、その……」

「報告は迅速に、正確になさい」

「あの、ちょっと信じがたいのですが……傭兵の小型戦闘艦が結晶生命体の群れに突入して撹乱《かくらん》を行うと」

私の中に生まれた疑念が確信に変わる。そんなことを平然とやる馬鹿なんて、いくらこの銀河が広くても二人もいるとは思えない。

「少佐」

「彼ね」

「はい、彼です」

艦橋のメインモニターに目を向ける。大量の結晶生命体で埋め尽くされている戦域の奥に鎮座している複数の大型種。その一つが閃光と共に半壊するのを私は確かにこの目で見た。

「敵の圧力が低下するぞ！　押し込め！」

「「「イエスマム！」」」

私の号令に艦橋のクルー達が応じる。どうやら彼のお陰で命を拾うことになりそうだ。

□■□

「やばいやばいやばいやばいやばいやばいっ！」

「はっはっは、まだまだいけるいける」

「無理無理無理無理無理むりですってぇ！」

エルマとミミが泣きそうな声で叫んでいるが、何も問題はない。ちょっとレーダー表示が真《ま》っ赤《か》になるくらいの数の小型種に追いかけられているが、この程度は想定の範囲内だ。

「ぎゃあぁぁぁっ！　前っ、前ぇっ！」

「あらよっと」

「ひいィ……」

結晶生命体の中型種がクリシュナの進路を妨害しようとしてくるが、紙一重でそれを躱《かわ》して中型種のキラキラと光る体表を撫《な》でるようにして中型種と中型種の隙間《すきま》をすり抜けていく。後方で隙間を抜けられなかった大量の小型種が中型種に、或《ある》いは互いに激突して大変なことになっているようだが、これも計算通りだ。

「こ、この後はどうするの？」

少し落ち着きを取り戻したエルマがそう聞いてくる。

「うーん、対艦魚雷は撃ち尽くしたからなぁ」

中型種に捕捉《ほそく》されないように注意しながら進路上の邪魔な小型種だけを散弾砲で粉砕し、ひたすら船を前に進ませる。対艦魚雷で複数の大型種に大ダメージを与えた今となっては敵意のコントロールもクソもないからな。既に攻撃を解禁しているというわけだ。

何にせよ、とにかく動き続けないと物量に押し潰されるだけなので、ひたすら動いて敵の注意を引きつけるだけだ。あとは帝国航宙軍やメイの操るブラックロータスが結晶生命体を叩《たた》いてくれるのを祈るばかりである。

「逃げに徹しつつチマチマと削って味方の善戦を祈るってところだな！」

「他人任せのノープランじゃない！」

「意外とそうでもない。拮抗《きっこう》していた戦場を大いに掻き回してやったからな。ここに配属されている帝国軍人がまともなら――」

帝国軍が展開していた方向から多数の大口径レーザーによる砲撃が飛来し、俺に注意を向けている中型種が小型種諸共《もろとも》続々と駆逐されていく。

「ほらこの通り。あとは一転攻勢に出た帝国軍の砲撃に巻き込まれないように気をつけながら、の

らりくらりと逃げ回るだけだ」

「ヒロ様！　帝国軍から砲撃の予告データが送られてきています！」

「マジで？　じゃあレーダーとＨＵＤに砲撃予告地点を表示するようにしてくれ。敵を誘導するぞ」

「はいっ！」

メイが手を回したのか？　それにしたって俺の動きへの対応が随分早いな。まるで俺のやり口を知ってるような——。

「まさかねぇ……」

「ちょっと、こんな時に考え事はやめてよ？」

「わかったわかった。もうひと踏ん張りしてからにしよう」

一瞬金髪の少佐殿の姿が脳裏に過《よぎ》ったが、対宙賊独立艦隊が結晶生命体との最前線に配置されているはずもない。きっとメイが何か上手《うま》くやったんだろう。俺はそう結論付けて結晶生命体との電車ごっこを再開するのであった。

☆★☆

「いやー、なかなかスリリングだった。しかしあれだな、報酬がどうなるのかだけはちょっと心配だな」

あれから一時間ほどで結晶生命体はこの宙域から駆逐された。一度戦力の均衡が崩れてしまえばあとはトントン拍子だ。次々に中型種が撃破されて盾を失い、既に大ダメージを受けていた大型種が集中砲火で爆発四散する。

　本来は中型種や小型種をバンバン出して敵を押《お》し潰《つぶ》す大型種だが、六匹いたうちの四匹が俺がぶち込んだ反応弾頭を搭載した対艦魚雷で半壊していた。本来の性能を出すことができなくなり、火力で勝る帝国軍にボコボコにされたってわけだ。

「もう私は疲れ切ったわよ……早く休みたいわ」

「私もです……」

　エルマとミミの二人はボロボロだった。精神的に。俺からすれば何の問題もないのに勝手に騒ぎまくって勝手に疲れたという印象だが、まぁ二人も怖かったんだろう。俺は寛大な心で二人を許そうと思う。

「何その仕方ないなぁって顔。ぶん殴るわよ？」

「やめてくださいしんでしまいます」

　華奢《きゃしゃ》に見えてエルマはなかなかのゴリラっぷりを誇るからね。前に腕相撲したら瞬殺されたよ。あの細い腕のどこにあんな筋力が隠れているというのか？　魔法的な力で身体強化でもしているんじゃないだろうか。

「今まで一番ハードでした……」

「スリリングではあるな。ミスると死ぬし」

「平然としすぎ」

　エルマが恨めしげな目で俺を見てくるが、ＳＯＬ《ステラオンライン》ではよくああいう感じで結晶生命体と遊んでたからなぁ。結晶生命体との大規模模戦はレイドイベントの一種で、数え切れないほどやったし。奴《やつ》らとの追いかけっこの仕方はもう身体が覚えているレベルだ。それもまぁ、この世界だとあまり過信はできないから、あれでも結構安全マージンは確保して動いてたんだけどな。

「ミミ、ブラックロータスに着艦するぞ」

「はい。メイさんに連絡します」

ブラックロータスのビーコンに向かって船を走らせること暫《しば》し。なんだか見覚えのある戦艦の横で待機しているブラックロータスが見えてきた。

「あの、ヒロ様。あの戦艦って……」

「ははは、そんなまさか。同型艦だろう」

「確認したわ。レスタリアスね」

「どうして」

この広い宇宙の広い帝国領で何故《なぜ》こう何度もあの少佐と出会うのか。そもそもここは対宙賊独立艦隊とは何の関係もない宙域だろうに。というか、ゲートウェイを抜けた先なのに本当になんでいるの？

「あの、ヒロ様」

「はい」

「レスタリアスから通信です……」

「……はい」

ここで通信を拒否することはできない。何故なら今回の戦いをタダ働きにしないためにも帝国航宙軍とのパイプが必要だからだ。戦闘データはあるから無下にはされないと思うが、帝国軍少佐で高位貴族の子女でもあるセレナ少佐の後押しがあったほうが金になるのは間違いないからな。

「はい、キャプテン・ヒロです」

『お久しぶりね、キャプテン・ヒロ。今回は助かったわ』

「はい、光栄に思います」

『……そうやってわざとらしい態度を取ってると酷《ひど》い目に遭わせるわよ？』

「やめてくださいしんでしまいます」

エルマといいセレナ少佐といい、ちょっとふざけただけで暴力をちらつかせるのは良くないと思うのだがどうか？　お前が言うな？　いやいや、俺は自分からは直接的な暴力とかはあんまり振るわないし。精々札束でビンタするくらいだし。相手が先に手を出してきたら話は別だけど。

『とにかく、事態の収拾を終えるまで貴方達はレスタリアスに追随してください。貴方達の戦闘データはこちらでも取っています、悪いようにはしません』

「イエスマム。何かお手伝いなどは？」

『必要ありません。貴方達の母艦に戻って休んでいても良いですよ。何かあったら母艦に連絡を入れますので』

「了解」

セレナ少佐からの通信を聞いたエルマとミミがホッとした表情をしている。二人とも疲れているようだし、ここはセレナ少佐の言葉に従っておくとするか。

「よーし、それじゃあ着艦するぞ」

「了解」

「はい！」

二人の返事を聞きながらクリシュナをブラックロータスの格納庫へと走らせる。

さて、悪いようにはしないと言っていたが、どこまで信用したら良いものやら。面倒事の予感がするよなぁ。

＃２：表舞台へ

「おかえり」

「おかえりなさい」

「ただいま」

　ブラックロータスに着艦し、タラップを使って格納庫に降りたところで整備士姉妹に出迎えられた。二人とも作業用のジャンプスーツを着て、背後にはメンテナンスボットを従えている。早速クリシュナの整備をしてくれるらしい。

「エルマ姐《ねえ》さんとミミは？」

「クリシュナの自室で休んでる。今回の戦いがちょっとばかり精神的に応えたみたいでな」

「それはそうでしょうね……」

　ウィスカがとても気の毒そうな顔でクリシュナを見上げている。

「そんなに危なくなかったと思うんだがなぁ……極めて安全運転だったんだが」

「兄さん、変なところでネジがぶっ飛んでるよな。かなりのクレイジーやで」

「そんなに？」

「そんなにやろ……うちらもブラックロータスのセンサー経由で見とったけど、一歩間違えば結晶生命体に串刺《くしざ》しの穴だらけにされとるやん」

「レーザーに比べれば結晶生命体なんて避《よ》けるの簡単だろ」

レーザーはマジで回避不能だからな。避けるとなると、基本的には射角に入らないくらいしか対応方法がない。あとはもうシールドか装甲で受け止めるしかないからな。

「レーザー砲撃と比べるのがそもそも間違っているような……というか、そういう問題ではなくてですね、ワンミスで確実に死ぬ状況に恐怖を感じないんですか？」

「うーん……そう言われると怖いような気がしないでもないんだが。慣れの問題だな」

「慣れの問題ですか」

「うん、慣れの問題。慣れてるから大丈夫」

そうとしか言えない。確かにワンミスで死ぬ状況が怖くないと言えば嘘《うそ》になるが、そんなのは元の世界で自動車を運転するのと何ら変わりないと思う。峠道でハンドル操作を誤ればガードレールを突き破って谷底に真っ逆さま、というのと同じだ。

「さよか……とりあえずクリシュナの整備するからな」

「ああ、頼む。船体には被弾はしてないから、足回りとジェネレーター、シールドジェネレーター周りかな？」

「そんなところやね。けど相手が相手やし、一応フルチェックすんで」

「おう、安全第一でな。もし結晶の欠片《かけら》とかを見つけても素手で触っちゃ駄目だぞ」

「モチのロンや。水晶像になるのは御免やからな」

安全確認ヨシ！　って感じでやってほしい。いやこれはマズいか？　主に作業をするのはメンテナンスボットだから大丈夫か。しかし、寄港しなくてもこうやってクリシュナの整備をしっかりと受けられるっていうのは便利だな。勿論《もちろん》積んでる資材の量の関係で限界はあるんだろうけど。

少しの間姉妹とメンテナンスポットの様子を眺めてからコックピットに向かう。

「おかえりなさいませ」

「うん、ただいま。状況は？」

「帝国航宙軍は結晶生命体の残党狩りを念入りにしているようです。残骸《ざんがい》の処分と回収もしているようですね」

「結構な量だよな」

「はい。しかし手を抜くと危険ですから」

「確かに」

結晶生命体の残骸にはそれなりに価値がある。例えば、レーザー砲のレンズの原料として利用可能な希少な結晶体や、エネルギー資源として使える結晶体、その他にも色々と利用価値のある結晶体が採れるのだ。ただ、まだ『生きている』結晶に迂闊《うかつ》に触れると非常に危ない。素手で触ろうものなら指どころか腕一本を侵食されて持っていかれることがあるとか。

あとは生きている結晶同士が一定数以上結合すると結晶生命体として活動を再開することがあるらしい。なので、帝国航宙軍の皆様は結晶生命体の残骸を回収して必要な部分だけ採取し、不要な部分や生きている部分をレーザーで焼き払う作業をしているわけだ。

こうして回収された戦利品はどういう扱いになるのかね？　兵士の皆さんの臨時収入になるのか、それとも軍の予算になるのか……と、そんなことはどうでもいいか。

「結構な時間がかかりそうだな」

「私の推測だと凡《およ》そ二時間半程はかかるかと」

「軍人さん達も大変だな。うちとしてはとっとと荷物を納品して帰りたいところだが……」

「セレナ少佐には納品の件も通達しています。直《じき》に連絡が来るかと」

□■□

『頭《ク》おかしい《レイジー》』

クリシュナの戦闘データ、そしてブラックロータスとレスタリアスで観測したデータを元にレポートを作成し、今回の作戦を指揮した司令部に送信。その上でクリシュナとブラックロータスに対する特別報酬を出すように上申したところ、返ってきた反応は概《おおむ》ねそのような内容であった。

今もイズルークス星系に駐屯している他の艦隊司令官などにレポートが共有され続けており、やはり同じような反応が返ってきている。そう言いたくなる気持ちはよくわかる。でもそれが彼という存在なのだ。

『突然大型種が半壊して結晶生命体どもの動きがおかしくなったと思ったら、こんなことが起きていたのか』

『この戦闘データを何かに活《い》かせないか？』

『この戦闘データを分析して撹乱《かくらん》に使えと？　機械知性なら或《あ》いは活用できるかもしれないが……拒否されるだろう。結晶生命体の同化吸収は機械知性にとっても致命的だ。彼ら、彼女らにも生存欲求というものが存在する』

『そもそもこんな尖《とが》った機体を用意するのは無理だろう……用意できたとしても殆《ほとん》ど特攻前提の魚雷艇になるぞ』

『それでも使い途《みち》のないサプレッションシップよりはマシだと思うが』

『アレについての発言はやめておけ。白刃主義者に決闘を申し込まれるぞ』

サプレッションシップの話題は確かに危険だ。私は白刃主義者ではないが、軍人貴族の中にはとても熱心な白刃主義者が一定数いるから。

「私としては今回の戦闘の趨勢《すうせい》を一気にこちらに傾けた戦功を認め、然《しか》るべき報酬を与えるべきだと思うのですが」

私の発言に同意の声が聞こえてくる。

『信賞必罰という言葉もある。戦功には然るべき報酬があるべきだろう』

『こちらの分析でもこの傭兵《ようへい》の働きは大きかったと思う。同意しよう』

『認めざるを得んだろう。誰《だれ》の目にも功績は明らかだ。主計科に伝えておく』

「ありがとうございます」

彼との約束は果たせた。とりあえずは一安心といったところか。

『彼は暫《しばら》く基地に滞在するのかね？』

「どうでしょう。輸送依頼でこちらを訪れたというような話は聞きましたが」

『できれば引き留めてくれ。今は優秀な戦力が少しでも欲しい』

「努力はしますが……」

無理難題を押し付けないで欲しい。彼は私が以前から何度もあの手この手で勧誘しているのにちっとも靡《なび》いてくれない難物なのだ。彼を引き留める方法があるとすれば、それは一つしかないだろう。

「彼を引き留めるのであれば協力が必要です」

□■□

『基地司令と他の艦隊司令官達からも了承を取り付けることができましたから、今回の功績に関してはそれなりの報酬が出ることを期待してくれて良いです』

ブラックロータスのコックピットで帝国軍の皆様方が懸命に働く姿を眺めること一時間ほど。セレナ少佐の乗るレスタリアスから通信が入り、俺はホロディスプレイ越しに彼女と再び対面していた。

「そいつは重畳。これでタダ働き同然とかにされたら悲しい気分になるところだった。ああそうだ、弾薬の補給を受けられるか？　反応弾頭搭載の対艦魚雷を四発ほど調達したいんだが」

『魚雷艇用の備蓄があると思いますから、多分大丈夫です。弾薬費に関しても帝国航宙軍が持ちます』

「そりゃ嬉《うれ》しいが……」

何だろう、待遇が良すぎないか？　いや、軍に助太刀《すけだち》する形で大戦果を挙げたわけだから、妥当か……？　俺の面倒事感知センサーが警告を発している気がする。

『依頼の件も確認が取れましたのでアウトポストに着艦してください。報酬の件も含めて主計科から連絡が入ると思います』

「それはどうも……何か企《たくら》んでないか？」

『いいえ？』

セレナ少佐の表情は読めない。酒を呑《の》むとまるでダメなお姉さんになってしまう彼女だが、素面《しらふ》で軍服を着ている時は基本的に隙のない完璧《かんぺき》な帝国軍人である。メイなら或いは彼女の微細な変化を察して心情を推測できるのかもしれないが、俺にそのようなスキルは備わっていない。

「……まぁ、厚意は有り難く受け取るとするよ。それじゃあブラックロータスはアウトポストに向かう」

『はい。結晶生命体の襲撃警報は解除されていますから大丈夫だとは思いますが、一応気をつけてください』

「了解。そうそう、依頼品以外の積荷として良いドワーフ酒を積んできてるんだが、ここで卸せるか？」

『嗜好品《しこう》は不足気味ですから、良い値で買い上げてもらえると思いますよ。私も後で買わせてもらいます』

「呑みすぎるなよ」

『勿論です』

俺の言葉にセレナ少佐の口元がヒクリと引《ひ》き攣《つ》る。アレイン星系でやらかした記憶が脳裏を過《よぎ》ったのだろう。まだまだセレナ少佐には貸しがあるからな。まぁ、それも今回の一件で一つ返してもらった形になるか。いや、むしろ貸しが増えたかな？

「それじゃあ、そっちも気をつけてな」

『はい、それでは』

セレナ少佐が頷《うなず》き、通信を切断した。

「どう思う?」

「ご主人様を引き留めて戦力として利用したいのだと思います」

「だよな」

メイの返答に相槌《あいづち》を打つ。

ちゃんとそれなりの金を積んでくれれば受けるけどね。軍なら支払いに間違いはないだろうし。考えられる面倒事は今回の俺の活躍を過大評価して無茶振りされるとかだろうか? いくら俺でもできることとできないことがあるからなぁ……あの大群を俺一人で相手しろとか言われても流石《さすが》に無理だ。無論、向こうだってわかってるだろうから、そんなことは言われないと思うが。

「まぁ、余程の無茶振りをされなきゃ良いか」

「帝国領内で活動をするのであれば、軍とのコネがあると色々と捗《はかど》ると思います」

「そうだよな。程々に頑張ろう」

SOL《ステラオンライン》にも派閥《ファクション》クエストと呼ばれるコンテンツがあった。基本的には特定の派閥——例えば軍だとか、巨大企業だとか、そういった特定の勢力のクエストを受注することで派閥の好感度を上げて様々な恩恵を受けられるという内容だ。傭兵プレイをしていると自然と軍関係の派閥の好感度が上がっていくんだよな。基本的に宙賊退治に賞金を出しているのは軍だから。

軍の好感度が上がると受けられる討伐系クエストの数や種類が増えたり、弾薬補充費などが割引されたり、場合によっては一般販売されていないミリタリーグレードの装備を購入できるようになったり、無料で貰《もら》えたりする。傭兵プレイヤーにとってはとても相性が良い派閥だ。無論、特定の国の軍と仲良くなると平和主義系の団体とか敵対国家の軍から敵視されることになるので、メリットだけではないのだが。

「それに、ゲーム的なメリットだけとは限らないしなぁ……」

ＳＯＬではそんな感じだったが、この世界では軍と仲良くなることがどんな事態に繋《つな》がるかはっきりとはわからない。何せ、この世界はゲームではないのだから。特有の厄介事に巻き込まれる可能性もある。

「面倒事にならないと良いけど」

「同意致します。その願いが実現するかどうかは別として」

それはつまり何か面倒事が転がり込んでくるに違いないと考えているわけですね？

実は僕もそう思います。依頼で訪れた先で偶然起こっていた結晶生命体の襲撃、縁のある帝国航宙軍少佐との再会、何も起こらないはずもなく……ってやつだよな。用心しとこう。

☆★☆

帝国航宙軍の前線基地への入港はすんなりと終わった。既に話が回っていたのか、それとも許可申請を出す担当官に仕事のブツだけでなく嗜好品も積んできたと言ったのが良かったのか、或いは単純に今回運んできたスペース・ドウェルグ社製の新型砲弾が重要物資だったのか……まぁいずれの理由だとしても構わない。長々と待機させられることなく入港できたのは僥倖《ぎょうこう》であったと言える。

「しかし俺達二人はやることがないな」

「そうね……ふぁ」

俺とエルマの二人は特にやることもなくブラックロータスの休憩室でのんびりとしていた。ミミとメイの二人で荷降ろしと輸送依頼の報告、そして運んできた嗜好品の卸しもやっているので、俺とエルマはやることがないのだ。

ちなみに、整備士姉妹はクリシュナとブラックロータスの整備中である。派手に動き回ったクリシュナは勿論のこと、ブラックロータスも砲艦として盛大にぶっ放しまくったので、兵装周りの点検を行っているのだ。

「眠いなら寝てて良いぞ」

「んー……そうする」

エルマはそう言うと隣に座っている俺に寄りかかって寝息を立て始めた。いや、寝ていいとは言ったけどわざわざ俺に寄りかからなくても良いのではなかろうか？　まぁ、別にやることもないし良いか。

すぅすぅと寝息を立てるエルマをそのままに、俺は携帯情報端末を使って情報収集に努める。こういった情報収集はメイが抜かりなくやっているわけだが、ちゃんと自分で集めて情報に触れるのも大切なことだ。

とりあえずは結晶生命体との戦闘関連の情報を集めてみるが、どうもこの基地は散発的に結晶生命体の襲撃を受けているようだ。戦闘規模は徐々に大きくなってきており、帝国航宙軍は防衛のためにこの星系に戦力を移動していると告知を出している。同時に結晶生命体の発生源を捜索しているようだが、今のところ見つかっていないらしい。

妙だな？　結晶生命体の発生源なんて大体場所が決まっているものなのだが。

奴《やつ》らはパルサーを擁する星系を拠点としていることが多い。仕組みはよくわからんが、パルサーから放射される電波だかX線だかをエネルギー源とし、その周辺の小惑星などを侵食して増殖しているはずだ。

ＳＯＬでは初めてコンテンツとして結晶生命体が実装されてから何度かのアップデートがあり、プレイヤー全体で結晶生命体関連の調査クエストや防衛クエストなどを行い、最終的にそういった結晶生命体の生態が判明した。俺はその頃《ころ》既に傭兵プレイを始めていたので、主に結晶生命体の撃退とか、結晶生命体にやられた星系の奪還任務なんかを受けていた。調査に関しては探検家プレイをしていた人達が頑張っていた印象だ。

「この世界では結晶生命体の研究が進んでないのかね……？」

誰にともなく呟《つぶや》く。有り得ない話ではない。この世界はＳＯＬに似ているが、全く同じというわけではない。俺の知識が全《すべ》て通用するようなことはないが、ある程度通用することもある。例えばとある産業を主としている星系で必要とされる物資の傾向などはそのまま通用するようだし、ゲームに登場していた船のスペックなどは基本そのままで、さほど変わりはない。

ただ、ゲームでは見かけなかった小さなシップメーカーの船があったりするし、ゲームでは取り扱われていなかった様々な要素がこの世界にはある。例えば、メイのようなメイドロイドはゲームには登場していなかったし、機械知性に関しても俺の知る限りではその存在すら示唆されていなかったように思う。この辺りの不思議は考え始めるとキリがないんだよなぁ。

この世界の不思議についてはとりあえず横においておくことにして、俺は携帯情報端末を操作して休憩室の大型ホロディスプレイを起動し、イズルークス星系周辺の銀河地図《ギャラクシーマップ》を起動した。イズルークス星系周辺に存在するパルサー星系は、っと……最寄りはこれか。次に近いのはこれ……と、近隣のパルサー星系の位置をチェックしていると、携帯情報端末からコール音が鳴った。エルマを起こさないように相手の名前も見ずに慌てて通話をタップする。

『あら、随分と出るのが早い……私からの連絡を待っていたんですか？』

「違う」

笑顔で戯言《ざれごと》をほざくセレナ少佐にそう言って、俺に寄りかかって寝ているエルマが見えるように携帯情報端末の向きを動かす。

『……見せつけてくれますね』

向きを戻したら、セレナ少佐が笑顔を引き攣らせていた。

「そのような意図はないです。ただ寝てる人がいるというのを伝えたかっただけです。あと丁度携帯情報端末を操作していたから反応が早かっただけです。それで、何の御用でしょうか？　少佐殿」

『単刀直入に言いましょう。依頼があります』

「結晶生命体関連ですかね」

『理解が早くて何よりです。傭兵《ようへい》として貴方《あなた》と貴方の持つ船に戦いに参加して欲しいというわけです。拘束期間は最短三十日、最長で九十日です』

「ダラダラとここに拘束され続けるのは御免なんですがね？」

『無論、拒否権はありますとも。貴方は軍属ではなく、自由な傭兵なのですから。その貴方を我々の都合でこの星系に拘束し続けることは不可能です。傭兵ギルドにも配慮はしなければなりませんしね』

「なるほど。それで、報酬は？」

これが何よりも大事だ。

『今、主計科で算定中です。はっきりとしたことはまだ言えませんが、それなりに高額になると思ってくださって結構です』

「なるほど。じゃあ返事はその額と依頼内容を見てからですね」

安請け合いはしない。俺にだってできることとできないことがある。さっきの規模の襲撃を軍の援護もなく俺一人でどうにかすることは不可能だからな。そんなことを期待されても困る。何より、俺はエルマやミミ、それに同乗している整備士姉妹の命を預かっているのだ。軽率に依頼を受けて死地に投入でもされた日には目も当てられない。

『まぁ、そう言うと思っていました。とにかく、こちらとしては貴方に協力を請いたいと思っているということを先に伝えておきたかったわけです。無論、こちらが要請する形になるのですから、エネル以外にも見返りはあります』

「具体的には？」

『軍用兵器を供与する用意があります。無論、なんでもとは行きませんけれど』

「それは魅力的だなぁ」

派閥好感度稼ぎのためにミッションマラソンをしなくても良いというのは大変に魅力的な提案だ。

強力な軍用装備を獲得するために面倒な依頼を延々とこなすのは心が折れそうになるからな。

『そうでしょう。是非前向きに検討してください』

「考慮します」

魅力的な提案だが、現時点では言質は取らせないぞ。そんなにいい笑顔をしてもダメだ。

「報酬はともかくとして、具体的な依頼内容はどのような感じで？　結晶生命体関連と漠然と言われてもイメージが湧《わ》きませんが」

『基本的には結晶生命体の発生源の探索ですね。軍が周辺星系に調査船団を派遣しているので、随行して襲いかかってくる結晶生命体に対処してもらいます』

「なるほど……」

周辺星系に調査船団ねぇ……やっぱりパルサーを擁する星系に結晶生命体の巣が作られることに関しては知らない感じだな。知っていればそんな無駄なことはしないだろう。いや、完全に無駄ではないけれどもさ。奴らはパルサー星系でエネルギーを蓄えて、周辺星系に移動しては小惑星帯を侵食して増殖するから。周辺星系で増殖した結晶生命体を掃除するのも大事といえば大事だ。

でも、大本の巣というかマザー・クリスタルを叩《たた》かないと終わりのないモグラ叩きになる。

『何か？』

「いえ、何も。ただ、風の噂《うわさ》で結晶生命体はパルサー星系に巣食うなんて話を聞いたことがあるもんで」

そう言うと、セレナ少佐の表情が変わった。まぁそりゃそうなるよな。結晶生命体の大本を探しているという時に突然確定情報めいたものを渡されたのだ。誰《だれ》だってそうなる。

『……その話は本当ですか？　情報源は？』

「風の噂と言ったでしょう。俺もどこで聞いたかは正直思い出せませんよ」

俺が元いた世界のゲームではそうでした、なんて言っても正気を疑われるだけだろう。俺だって確信はないのだから、強く言い張ることはできない。こうやって適当なことを言ってますという体《てい》で匂《にお》わせるのが限界というやつだ。

『……今度、私の艦隊が調査に出る予定なのですが』

「へ、へぇ……そう言えばなんでセレナ少佐の対宙賊独立艦隊がここに？　宙賊を相手にするための艦隊ですよね？」

『旗艦のレスタリアスは帝国軍でも最新と言える戦艦で、部隊の中核となっている巡洋艦も打撃力に長《た》けますから。我々は設立の性質からしてフットワークが軽いですし、長期間行動するための補給艦も運用しているので』

「体よくここへの増援として引っ張られたと」

『本来の目的からは外れますが、ここを守ることが周辺星系に住まう帝国臣民の安堵《あんど》に繋がりますし、帝国航宙軍は仲間を見捨てませんから』

「なるほど」

軍人さんにも色々としがらみというものがあるらしい。セレナ少佐は侯爵令嬢という立場でもあるらしいし、まぁそっち関連でも色々とあるのだろう。

『そういうわけで依頼、請けてくださいね』

「クルーとも相談しながら慎重に検討させていただきます」

だからそんな良い笑みを浮かべても言質は取らせないっての。諦《あきら》めてください。

☆★☆

「……おはよ」

「おう。顔でも洗ってきたらどうだ？」

「そうするわ」

あくびをしながらエルマが休憩室の外に出ていく。セレナ少佐は相変わらずの粘り腰であったが、俺も一度痛い目に遭わされているのでそうそう引っかかりはしない。のらりくらりと明確な回答を避け続け、最終的には所用があるので、ということで通話を切らせてもらった。

そしてエルマを起こすのも忍びないのでメッセージアプリを使ってミミやメイ、整備士姉妹と連絡を取ったりしていたわけだ。

とりあえず輸送依頼を完了し、その報酬として150万エネルを得た。運ぶ荷物量に対して報酬が良かったのはここが危険な前線基地だったのと、俺達の配達速度に拠《よ》るものだろう。ただし、荷物を運んでいるのに戦闘に参加するのは如何《いかが》なものかと商人ギルドの職員にはチクリと言われてしまったそうだ。

うーん、確かにそう言われると申し開きのしようもないな！　一応荷物を積んでいるブラックロータスは帝国航宙軍の近くから砲撃を行っただけだから危険はなかったと思うが、今度からは気をつけるとしよう。覚えてたらな。

商人ギルドの人には悪いが、俺達の本業はあくまで傭兵だ。戦って金になり、なおかつ戦っても問題がないと判断すれば俺は戦う。報酬を得るチャンスを逃す気はない。それを含めて信頼できないというのなら今後は依頼を請けずに交易で荒稼ぎするスタイルでも俺は一向に構わない。

運び屋としての仕事の良いところは運べば必ず儲《もう》けが出るという一点のみで、利益を突き詰めていけば交易のほうが稼げるということもままあるし。

というかちゃんと期限内に問題なく届けたのに文句を言われるとは思わなかったなぁ。この件に関しては傭兵ギルドとスペース・ドウェルグ社にも報告したほうが良いかな？


というような内容のメッセージを商人ギルドに送ったら。

『信頼していないわけではありません。一般論として申し上げたまででして。今後も是非我々の依頼を請けてください。お願いします。あと傭兵ギルドとスペース・ドウェルグ社への報告は必要ありませんので大丈夫です』

といった旨のメッセージが返信されてきた。今回商人ギルドとの折衝を任せたミミが若い女の子だからと舐《な》めてかかったのかな？　どこにも困ったちゃんがいるもんだ。

『兄さんこっわ』

メッセージと一緒に赤いスパナをモチーフにしたキャラクターがブルブルと震えているスタンプが表示された。これはティーナだな。

『傭兵稼業は舐められたら終わりだから。あの状況で戦闘に参加せず、ささっと荷物届けてささっと逃げたら他の傭兵連中に舐められるようになるわよ』

コミカル単眼エイリアンが腕を組んでウンウンと頷《うなず》くスタンプが表示される。顔を洗いに行ったと思ったら、エルマは向こうで参加してるのか。歯でも磨いているのだろうか？

『傭兵稼業というのも大変なものなんですね』

今度は青いハンマーをモチーフにしたキャラクターが壁の向こうから覗《のぞ》いているスタンプが表示される。多分ウィスカなんだろうけど、キャラクターがムキムキマッチョな感じで絶妙にキモい。何故《なぜ》そのスタンプを使おうと思った？

『うぅ……ヒロ様の手を煩わせてしまいました』

リスのようなネコのような不思議生物が落ち込んでいるスタンプが表示される。見た目だけは如何《いかん》ともし難いから、これぱかりは仕方がないと思うよ。眼鏡《めがね》とかをかけると雰囲気が変わるかもしれないし、伊達《だて》眼鏡でもかけてみるか？　できる秘書みたいなイメージが……いや難しいな。ミミだとどうやっても可愛《かわい》い感じにしかならない気がする。

☆★☆

「いつまでも落ち込むなって。次は笑顔で受け流して言葉の刃《やいば》をえぐり込んでやる、くらいの気持ちで頑張ろう」

「はい……」

「それに残りの積荷枠を使った交易ではちゃんとまとまった儲けが出たじゃないか。何も恥じることはないと思うぞ」

「……はい！」

実際のところ、運んできた嗜好品《しこう》は飛ぶように売れたそうだ。売りに出すなり次々に買い手がついて、売り出して間もなく荷は捌《さば》けたらしい。今回の交易で得た儲けは凡そ33万エネル。ミミへのボーナスは話し合いで儲けの３％と定めたので、９９００エネルとなる。俺の取り分が凡そ32万エネル。

そして輸送報酬の１５０万エネルに関してはいつもの賞金と同じ配分で分け前を分配することにしたので、ミミに１万５０００エネル。エルマに４万５０００エネル。俺の取り分が１４４万エネル。

俺の取り分は計１７６万エネルといったところか。ここから船の整備費用や停泊費、それに皆の生活費なんかが出ていくわけだ。意外と停泊費がばかにならないんだよな。ブラックロータスはクリシュナに比べて大きい分、停泊費も高くなるから。

ちなみに今回の儲けから整備士姉妹に分配する分はない。彼女達にボーナスとして分配するのはあくまでも彼女達が主体となって作業をする宙賊艦から引っこ抜いた装備の売却益と、鹵獲《ろかく》した宙賊艦の売却益だけである。

「それで、少佐から……というか帝国航宙軍からの依頼なんだが」

「まぁ、報酬次第よね」

「結局のところそれだよな。まだ向こうから連絡は来てないんだよな？」

「はい。今のところは帝国航宙軍からは何も」

俺の後ろに控えているメイに聞いてみるが、やはりまだ帝国航宙軍の主計科からは何も連絡が入っていないらしい。

「こんなに時間がかかるものか？」

「恐らくは前例がないので判断に困っているのではないかと」

「前例がないってことあるか？　帝国航宙軍の戦闘に傭兵が介入して報酬をせびるなんてよくあることだろう？」

既に戦闘が発生している宙域に突入し、その星系の支配者側の軍に肩入れして漁夫の利を得たりするのは傭兵プレイの常套手段《じょうとうしゅだん》である。俺もＳＯＬで駆け出しの頃《ころ》にはそうやって装備や船をアップグレードするための資金を稼いだもんだ。

「ご主人様の挙げた戦果が大きすぎるのが問題なのでしょう。ご主人様の特攻じみた攻撃で戦いの趨勢《すうせい》が一気に帝国航宙軍側に傾いたのは明らかですから」

「特攻じみた攻撃てお前」

そんなに無謀な行動はしていない。ちゃんと経験に裏打ちされた安全な運行だった。もっとも、ＳＯＬでは慣れるまでにずいぶん危ない目に遭ったけど……ってそうか、この世界の人達があの機動を実現しようとすると何度も命を危険に晒《さら》さないといけないわけか。結晶生命体の群れの中で爆散したらこの世界では一瞬で結晶生命体の餌食になるものな。

「ご主人様は大型種四体を半壊、或《あ》るいは大破させて増援の出現能力を大幅に低下させ、大量の小型種、中型種の敵意を引きつけて帝国航宙軍が組織的効力射を行うための時間を稼いだのです。あのままですと帝国航宙軍にもそれなりに被害が出たでしょうが、ご主人様の行動はそれを防ぎました。

まともに評価すると叙勲と叙爵も有り得る大活躍です」

「なんて？」

「勲章の授与と騎士爵の叙爵も有り得ます」

「……聞かなかったことにしても良いかな？」

年金付きの勲章なら喜んで貰《もら》うが、爵位はいらない。絶対に面倒事になるに決まっている。あっ、なんか遠くで黒髪おかっぱの可愛いお嬢ちゃんが物凄《ものすご》い笑みを浮かべているのが見える気がする。

別にクリスが嫌いというわけじゃないが、帝国貴族になったりするとしがらみが面倒くさいことになりそうだ。とりあえずセレナ少佐とクリスに挟まれて両手をぐいぐいと引っ張られる構図が脳裏に浮かぶ。

権勢の強そうなホールズ侯爵家と落ち目のダレインワルド伯爵家ではホールズ侯爵家に軍配が上がりそうだが、俺とクリスは同じ場所で寝泊まりをしていたという既成事実がある。俺はクリスには一切手を出していないが、その事実を知ったらあのおっかない伯爵の爺《じい》様が光り物を振りかざして責任を取れと迫ってくる気がしてならない。

それを言ったらセレナ少佐も俺の船に乗り込んだりしてる？　あっちが勝手に乗り込んできてる上に酒をかっ喰《く》らって醜態を晒しまくっていたからあれはノーカン。もし騒ぐようなら俺の小型情報端末と念の為《ため》にクリシュナにバックアップしてある音声及び映像ファイルが盛大に火を噴くぜ。

「ヒロ様の目標を考えれば叙爵は都合が良いんじゃないですか？」

「兄さんの目標？」

「惑星上居住地に庭付きの一戸建てを建てて悠々自適な生活を送りたいんですって」

「それは大きな目標ですね。でもなるほど、確かに叙爵されれば上級市民権が付与されますもんね」

「軌道上コロニーならともかく、惑星上居住地に家を建てるっちゅうことになると上級市民権が要るんよな。あれ、金で買おうとするとめっちゃ高いらしいやん。やっぱお貴族様になったほうがええんちゃう？」

整備士姉妹の言う通り、帝国内で惑星上居住地に家を建てるには上級市民権が必要である。騎士爵を叙爵されれば自動的に上級市民権を持つ一等市民として登録されるので、普通に買うよりも大変お安く惑星上居住地に家を建てられるようになるわけだ。

「確かに爵位を得れば目標には大きく近づくことになるが……いや！　まだそうと決まったわけじゃない！　今からそんな心配をする必要はない！」

「現実から目を背けるのはオススメしないけど」

「目の前に現れていない以上現実ではない。想像に怯《おび》えるのは馬鹿らしいじゃないか。それに、セレナ少佐は俺がそういったしがらみを好まないことを知っている。下手《へた》にそんなことをしたら俺の態度が硬化するとわかっているはずだ」

「それは確かにそうですね」

俺の言葉にミミが同意する。そうだろう？　いざとなったら逃げるよ、俺は。悠々自適な傭兵《ようへい》生活を手放すつもりはないからな。しがらみの少ない勲章なら貰うけど。

「勿体《もったい》ないなぁ。お貴族様になれるならなったらええのに」

「平民から貴族に成り上がるのって帝国臣民なら誰《だれ》でも夢見るサクセスストーリーなのにね」

整備士姉妹が気楽にそんなことを言っているが、貴族なんてそんなに良いものなんだろうか？

そりゃ色々と優遇されることはあるんだろうが、その分責任も負うことになると思うんだが。そんなのは気楽な傭兵生活に勝るものじゃないと思うんだけどな。

「俺は社交的な性質《たち》じゃないから貴族とか無理」

「別に貴族だからって社交しなきゃならないわけじゃないわよ。特に騎士爵なんてのは貴族は貴族でも本物の貴族からすれば成り上がりの半平民みたいな扱いだしね」

「そんな風に見下されるのも癪《しゃく》じゃないか。それなら俺は傭兵として一目置かれるプラチナランクを目指すよ」

「あんたは一体どこに向かおうとしているのよ……というか、何でそんなに貴族になるのは嫌なわけ？　何か嫌な思い出でもあるの？」

「嫌な思い出……別にないけど面倒くさそうじゃないか。性に合いそうにない」

「なってみたら意外と良いと思うかもしれんよ？」

「ぬぅ……終わり終わり、この話は終わりだ。はいやめ」

「えー」

ティーナが不満そうに唇を尖《とが》らせる。お前、俺をからかって遊んでるな？　覚えてろよ。

「あっ、傭兵ギルド経由で帝国航宙軍の主計科から連絡が来ました」

「おっ、いいタイミングやね。なんて？」

「えっと……今回の戦役における貴艦の奮闘は敵の勢力を大いに挫《くじ》き、多くの将兵の命を救った。その戦功を認め、褒賞金３００万エネルと銀剣翼突撃勲章を授与する、だそうです」

「銀剣翼突撃勲章と言われてもピンとはこないが、褒賞金３００万エネルはわかりやすくて結構だな」

　妥当な金額かどうかは判断できないが、なかなかの金額だと思う。日本円換算で凡そ3億円と考えると凄《すご》い金額なのでは？　一生遊んで暮らせる金額とまではいかないかもしれないけど。

「いや、300万エネルよりも銀剣翼突撃勲章のほうに驚くべきでしょ？」

「だってピンとこないし……凄いのか？　なんか豪華そうだなぁとは思うけど」

　デザインには興味がある。銀色の剣の鍔《つば》が翼になっているのか、それとも剣の翼が生えた戦闘機か何かなのか。

「ミミ様の読み上げた文章そのままです。帝国航宙軍の関わる戦闘において多大に貢献し、多くの将兵の命を救った兵に与えられる勲章です。データベースを参照する限り、グラッカン帝国で傭兵に授与されるのは十二年と七ヶ月ぶり、史上十七人目ですね」

「なるほどぉ……あれ？　ターメーン星系では……ああうん、あれは無理だよな」

　ターメーン星系でも俺は同じような規模の戦果を挙げたが、あれは歌う水晶を使った半分以上イリーガルな手法だったからな。あれで俺を評価すると帝国航宙軍は歌う水晶を虐殺兵器として利用することを是《ぜ》としたことになるから、そうすることはできなかったわけだ。

「で、それって何か特典とかついてるのか？」

「受勲者はグラッカン帝国内において騎士爵位持ちの貴族と同等の扱いを受けるようになります。もっとも、世襲は認められない名誉爵位のようなものですが」

　そういうのは要らないんだよなぁ。何が何でも俺に首輪を着けたいのかね、帝国航宙軍は。

「凄い嫌そうな顔をしてるけど、大丈夫よ。本当に貴族になるわけじゃないから。あと、年金もついてたわよね？」

「はい。年間15万エネルの生涯年金がつきますね」

「しょぼい……しょぼくない？」

15万エネルぽっちじゃ初期船の座布団を満足にアップグレードすることもできない。微妙。

「いやしょぼくないですよ」

「兄さんの金銭感覚がおかしいだけや。年間15万エネルも貰えたらもう働かなくても生きていけるやん」

ウィスカとティーナが冷静に突っ込んでくる。そうかぁ……まぁそうなんだな。整備士姉妹はこの世界における極めて一般的な金銭感覚の持ち主だものな。確かに年間１５００万円の生涯年金と考えると破格の待遇か。

「貰ってもそれで変なしがらみが生まれたりはしないんだよな？」

「はい、問題ないかと」

「メイがそう言うなら大丈夫か。じゃあ謹んで拝領しますと返信しておいてくれ」

「わ、わかりました……」

緊張した様子のミミがタブレットを操作して返信のメッセージをしたため始める。褒賞は上々。あとは依頼がどうなるかかね。この分だと期待して良さそうだが。

#3：キャプテン・〝クレイジー〟・ヒロ

拝領します、というメッセージをミミに送ってもらったその翌日。帝国航宙軍から呼び出しが来た。簡単な叙勲式をするので、前線基地にある帝国航宙軍のB－3ブロックに来て欲しいと。

「叙勲式なんて面倒なことがあるなら断ればよかった……」

ここはブラックロータスの食堂。

積荷の引き渡しを含めた諸々《もろもろ》の事務処理などを済ませた俺達は全員で集まってここで打ち上げのようなことをしていた。全員で、とは言っても食事をしないメイは不参加だったのだけれども。なんか所用を済ませるとか言っていたけど、何をしているのだろうか。

「なんだか妙に嫌がるわね？」

エルマが眉間《みけん》に皺《しわ》を寄せて訝《いぶか》しげに首を傾《かし》げる。その手には金属製のジョッキが握られている。なんでも注いだ酒の温度を一番美味《うま》い状態に保ってくれるハイテクジョッキらしい。いくらしたのか聞くのはやめておいたが、君はそろそろ少しでもいいから借金を俺に払ったほうが良いんじゃないかな？　いや、まぁ払わないならそれはそれで俺の傍《そば》にいてくれる理由にもなるわけだから催促するつもりはないけどさ。

「確かにそう言われるとなんだか珍しいかもしれませんね。ヒロ様がこんなに嫌がるのは」

「自分が上の立場というか、褒められるなら嬉々《きき》として行きそうな感じするけどな？」

「えっと……」

ミミもエルマと同様に首を傾げ、ティーナがなんだか微妙に失礼なことを言ってくる。お前の中で俺は一体どういう人間なんだ？　あとウィスカは無理に姉のフォローをしなくてもいいぞ。

「明確な理由はないんだが、なーんか気が進まないんだよなぁ……もしかしたらセレナ少佐が絡んでいるからかもしれん」

「それは仕方ないわね」

「それは仕方ないですね」

「だろ？」

ノータイムでエルマとミミが俺の言葉に同意する。

「兄さん達にそこまで言われるセレナ少佐っちゅう人に逆に興味が湧《わ》いてくるんやけど」

「お姉ちゃん、多分近づかないほうが良いんじゃないかな。なんとなくだけど」

ウィスカはかしこいなぁ。君子危うきに近寄らずって言葉もあるからね。この世界に同じ言葉があるかは知らんけど。

「いずれにしても拝領すると返事をした以上は無視はできません」

「ですよねー……はぁ、仕方ない。行くか」

食堂の扉が開く音がしてメイの声が聞こえてきたので、振り返る。

「……？　なんでそんなものを持ち出してきたんだ？」

食堂に現れたメイは鞘《さや》に収まった大小一対の剣を携えていた。携えていた、と言っても別に帯剣しているわけではない。普通に手に持っていた。何かベルトのようなものも一緒に持っているようだ。

メイの持っている剣は前に仕事の成り行き上でメイと一緒にボコった色々と諦《あきら》めの悪い貴族から分捕ったと言うか、その諦めの悪い貴族の父である怖い爺さんから下賜されたものなのだが……。

「叙勲式に赴く際にはこちらを身につけていかれるとよろしいかと。私もお供致します」

「お、おう……？」

わからぬ。俺にはメイの考えがわからぬ……！　グラッカン帝国内において剣というものは貴族の象徴である。別に貴族以外が帯剣してはならじ、という法は存在しないようだが普通の人は帯剣などしないらしい。貴族の中には貴族以外が帯剣しているのを快く思わない人もいるからだ。そういった人に目をつけられると、決闘を申し込まれてずんばらりんとやられるという。コワイ。

「俺は怖い貴族に決闘など挑まれたくないんだが？」

「ご主人様であれば問題ありません。銀剣翼突撃勲章を持つ名誉騎士となるのであれば、剣はあったほうがよろしいですよ」

「そういうものなのか？」

「そうね……まぁ、良いんじゃない？」

エルマにも聞いてみるが、なんとも煮え切らない感じだ。

「マジでわからないから思わせぶりな感じじゃなくて親切に説明してくれ」

「私だってそんなに詳しいわけじゃないわよ。でも、剣を持っていけばダレインワルド伯爵のことを説明することになるでしょう？　それに、メイは機械知性よ。おおっぴらにはちょっとアレだけど、この国の貴族はあまり機械知性には強く出られないからね。つまり、セレナ少佐への牽制《けんせい》になるってわけ」

「面倒除《よ》けになるってことか？」

「多分ね。そういうことよね？」

エルマの問にメイは無言で頷《うなず》いてみせた。なるほど、面倒除けになるのか。なら持っていくかね。

メイから剣帯と大小一対の剣を受け取って身につける。うーん、結構ずっしりしてるな。

「今後持ち歩いたほうが良いのかね、これ」

「そうですね、銀剣翼突撃勲章を拝受した後は身につけて歩くのがよろしいかと。今後、グラッカン帝国内においてご主人様は名誉騎士ということになりますから」

「トラブルを引き寄せることにならないか？」

「銀剣翼突撃勲章があれば問題ありません。と言いますか、逆にトラブルになりかねないのでそれなりの格好をしたほうが良いのです」

「思ったよりも権威がある勲章なんだなぁ……」

「はい、生きたまま銀剣翼突撃勲章を受け取る方は大変希少ですから」

うん？

「普通の銀剣翼勲章や銀剣勲章は戦闘で顕著な軍功を挙げれば授与されます。銀剣翼突撃勲章は単身で敵中に飛び込み、多大な貢献をした方にしか授与されません。普通、敵中に単身で飛び込んだ方は亡くなられますので」

「つまり生きたまま銀剣翼突撃勲章を持っていると？」

「大変血気盛んで敵に回してはいけない方だと思われるかと」

「切れたナイフ的な？」

「ナイフが切れてどうすんねん」

ああ、お約束のツッコミを入れてくれてありがとう。後でジュースを奢《おご》ってやろう。酒のほうが良いかな？

「銀剣翼突撃勲章のことをよく知らない人は勲章と剣を見てなんか凄そうな人だと思うようになって、銀剣翼突撃勲章のことをよく知っている人はうわやべぇ奴《やつ》だ近づかんとこってなると」

「端的に言うとそういうことですね」

「やっぱ今から辞退していいかな？」

「駄目です」

「ですよね」

☆★☆

道連れにミミとエルマを引っ張ってこようとしたが、授与されるのは俺だけだから遠慮すると言われ、整備士姉妹に目を向けたら会社から出向してるだけのうちらは関係が薄いからと断られ、結局メイだけを供にしてB－3ブロックとやらにある叙勲式会場に向かうことになった。

腰に大小一対の剣を差し、メイを連れ歩いているせいか妙に視線が集まっている気がする。いや、きっとこの視線は美人なメイに集まっているんだ。そうに違いない。そういうことにしておこう。

「剣術の訓練も今度からするようにしたほうが良いのかね」

「ご主人様が望まれるのであれば。訓練に関しては私にお任せください」

「それじゃあ基本からお願いしますかね……」

剣を腰に下げているのにロクに振れないというのは格好がつかないだろう。剣って武器はただ振れば良いってものじゃないらしいからなぁ……ちゃんと刃筋を立てないとただの鈍器にしかならないと本か何かで読んだ覚えがある。いや、この世界の剣だともう少し扱いが楽なのかな？　刃の切れ味の次元が違うものな。

「はい、お任せください」

メイの声のトーンが若干高いように感じる。かなり気合が入っているようだが、メイのスペックをフルに使われたら生身の俺は壁の赤いシミになりかねないので手加減はして欲しい。

気合を入れるメイに遠回しに手加減を要請しながら進むこと暫《しば》し、俺とメイはようやく目的地へと辿《たど》り着《つ》いた。どうやら俺以外にも叙勲される人がいるようで、部屋の前にはちょっとした人だかりができていた。その人だかりに近づきながら集まっている人物の観察をする。

一見した感じだと軍人が多いようだが、傭兵《ようへい》らしき人の姿もある。しかし俺のようにメイドロイドを連れている人はいないようだ。それも当たり前か。思ったよりも流行《はや》っていないいんだろうか？

メイドロイドというのは。

人だかりの一番後ろにいた若い傭兵風の男が俺に気づいて視線を向けてくる。紛《まご》うかたなき値踏みをするような視線というやつだ。俺もまたそんな視線を向けてくる傭兵の男を無言で観察する。

若い男である。彫りの深い顔立ちなので正確な年齢はわからないが、見た目的には俺より年上には見えない。腰にはレーザーガンと、武器っぽいものが収まっている鞘のようなポーチのような何か。服装は丈夫そうなパンツにシャツ、それにジャケット。デザインは違うが、俺と似たような格好だ。やはり傭兵だろう。

「何見てんだよ」

「お仲間かなと思っただけだ。俺もこの部屋に用事があってね」

微妙に喧嘩腰《けんかごし》な若い傭兵にそう答えて視線を人だかりの向こうにある扉に向ける。若い傭兵はそんな俺と俺の後ろに控えているメイに胡乱《うろん》げな視線を向けてきた。レーザーガンに大小一対の剣、それに俺に付き従っているメイドロイド。

こいつは本当に傭兵なのか？　傭兵だとして、なんで剣なんて下げている？　高価そうなメイドロイドなんぞを侍らせて歩くなんて一体何のつもりだ？　と、彼の思考を代弁するならそんなところだろう。俺が彼の立場でもそう思うだろうから、そんな視線を向けてくる彼を責めようとは思わない。

「まぁ、色々と事情があってな。察するのは難しいだろうが、そっとしておいてくれ」

「……フン、貴族の道楽かよ」

別に貴族じゃないんだけどな。まぁ余計なことを言ってもトラブルになるだけだろうし人が捌《は》けるのをゆっくりと待つことにしよう。どうやらこの人だかりは受勲者のチェックと言うか、受付手続きめいたもののようだし。

程なくして人だかりは捌けてゆき、俺とメイも受付手続きをする番になった。

「ＩＤの提示を」

「あいよ」

受付をしている兵士の持っているタブレット型端末に小型情報端末を翳《かざ》し、俺のＩＤを送信する。すぐに俺の情報が表示されたのか、兵士がギョッとした顔をして俺の顔を見て、またタブレットに視線を落とし、また俺に視線を向けてきた。二度見するほど衝撃的か。足を見るな足を、幽霊とかじゃねぇから。というかこの世界でも幽霊は足がないのか？

「ええと？」

「……はっ⁉　し、失礼しましたっ！　ご案内致します！」

俺のＩＤを確認した軍人さんが見事な敬礼をキメて先に立って歩き出す。

会場に入ると大勢の視線が集まってきた。視線は主に叙勲式を運営する側の軍人からで、受勲者は俺に背を向けて座っている人が殆《ほとん》どだ。だが、会場はそんなに広いわけでもない。緊張した様子の軍人に先導され、メイを引き連れている俺は酷《ひど》く目立った。そして俺の腰の剣とメイを目にしたセレナ少佐がなんだか凄《すご》い顔をしている。

そう言えば、セレナ少佐はメイと直接会ったことがほぼないか……？　俺の知らないところで接触していた可能性はあるが、俺にはあまり覚えがないな。

「……この席？」

「はっ、そうなります」

「えぇ……」

そして何故か俺の席は一人だけ隔離された場所にあった。場所的には他の出席者から見て左前方。どちらかと言えば関係者席とか来賓席みたいな場所である。椅子の向きもなんかおかしくない？なんで斜めに出席者のほうに向いてるんだよ。いじめか？　ちなみに反対側に叙勲式を進行するらしき偉いっぽい軍人さん達がいる。セレナ少佐もそこにいる。

「では叙勲式を始める」

一番偉いっぽい軍人さんの宣言と共に大型ホロディスプレイが起動し、３Ｄマップのようなものが表示された。どうやら今回の戦いの俯瞰《ふかん》図のようだが……なんか戦略系ゲームの戦闘画面か何かみたいだな。３Ｄマップ上で今回の戦いが再現されていき、その中で今回の受勲者達を示す駒《こま》の動きがピックアップされていく。これは誰《だれ》がどんな活躍をしたのかがとてもわかりやすいな。論功行賞とデブリーフィングを兼ねたプログラムなのかもしれない。

前半から中盤にかけての戦闘の推移はあまり良い状態とは言えないようだった。各方面で奮闘している様子は見えるが、結晶生命体の数に徐々に押されているようだ。セレナ少佐の船であるレスタリアスと彼女の指揮下にある対宙賊独立艦隊の動きを注視してみると、味方を庇《かば》って結構綱渡りをしているように見える。実は結構危なかったのだろうか。

そうしているうちに戦場の端にブラックロータスの駒が現れた。そこから高速で発進したクリシュナの駒も確認できる。こうして見ると速いな。あ、注目を促すようにクリシュナの駒がピカピカしてる。その反応が結晶生命体を示す敵の反応に突っ込むと、会場にどよめきが起こった。

大型ホロディスプレイの一部がクリシュナを中心とした近距離マップに切り替わり、小型種や中型種の群れをすり抜けて大型種に対艦反応弾頭魚雷を叩《たた》き込《こ》んでいく様が表示される。

同時に、元の縮尺の３Ｄマップで敵の動きに大きな変化が起こり始めたことが表示される。クリシュナに対艦反応弾頭魚雷で攻撃された大型種から発生する中型種、小型種の数が激減し、結晶生命体の戦力分布もクリシュナの存在する方向に偏り始めた。

結晶生命体の圧力が減じたことによって今まで防御戦闘に注力せざるを得なかった帝国航宙軍艦隊に余裕が生まれ、強力な砲撃が結晶生命体の戦力をゴリゴリと削り始める。その間もクリシュナが敵中で敵の注意を引きつけ続けている様子が表示されていた。

やがて結晶生命体の大型種が帝国航宙軍艦隊の砲撃によって撃滅され、戦闘が収束した。

「えっ、あれ生きてるのか？」

「急に圧力が弱まったから何が起こったのかと思っていたが……」

「あれくらい俺だって……」

「いや無理だろ」

「命がいくつあっても足りねぇよ。頭おかしいな」

「間違いなくクレイジーだな」

言いたい放題だな！　SOL《ステラオンライン》のプレイヤーなら同じようなことをできる奴は俺の知り合いに何人かいるわ！

☆★☆

大型ホロディスプレイを使った今回の戦闘の概略ホロ動画の上映が終わった後、叙勲式が始まった。再び大型ホロディスプレイにホロ動画が最初から流れ始め、時系列順に叙勲の理由となった帝国航宙軍の士官と今回の戦役に参加した傭兵達の活躍が解説されていく。

叙勲の理由は様々だが、士官の全員が船の大小はあるものの所謂《いわゆる》艦長職の人々であった。

帝国航宙軍でもクリシュナと同じような小型戦闘艦が運用されている。駆逐艦以上の大型艦やそれ以上の特大型艦だけでは数の多い小型の結晶生命体に対応しきることは不可能なので、所謂防空戦闘というやつを行う小型戦闘艦も帝国航宙軍には配備されているのだ。特にこのアウトポストにはそういった小型戦闘艦の配備が多いらしく、受勲した士官の半数以上は小型艦の艦長であるようだった。

その他に駆逐艦以上の大型戦闘艦の艦長も受勲している。セレナ少佐も今回の戦闘で受勲したようであった。彼女が受勲したのは銅盾翼勲章《どうじゅんよくくんしょう》というもので、戦闘において味方を庇い、被害を抑制しつつ奮闘した艦に贈られるものであるらしい。

どうやら授与される勲章というのは銅、銀、金の三階級に功績の種類が剣、盾の二種、それに突撃などの修飾語がつくような感じだな。例えば敵機撃墜などの攻撃において功ありとなれば銅剣勲章や銀剣勲章、金剣勲章。防御戦闘や味方を庇うような立ち回りで功績を挙げた場合は銅盾勲章や銀盾勲章、金盾勲章になるんだろう。

実際にこの場で与えられている勲章は銅剣翼勲章や銀剣翼勲章なので、恐らく航宙戦闘における勲章は翼がつくんじゃないかな？　これが白兵戦における顕著な功績なら翼がつかないんじゃないだろうか。

種類的にはもっと沢山あるんだろうな。これだと戦闘職に就いている人しか受勲できないし。補給や整備、その他色々な功績に対する勲章もあるんだろうが、この場で出てくるのは戦功勲章だろうから今はあまり関係なさそうだ。戦功勲章に関してもこれで全部とは思えないけど。

そして、今のところ俺が貰《もら》う予定の銀剣翼突撃勲章のように修飾語のついた勲章は出てないな。

大体銅剣翼勲章か銅盾翼勲章だ。防空戦闘で大活躍した帝国航宙軍の小型艦の艦長と傭兵の一人が銀剣翼勲章を受勲していたくらいか。

「では、最後となったが今回の戦役において戦いの趨勢《すうせい》を大きく動かした戦功第一位、キャプテン・ヒロに銀剣翼突撃勲章を授与する。キャプテン・ヒロ、前へ」

席から立ち上がり、勲章を渡してくれるこの基地の司令らしき軍人の前へと移動する。受勲の手順というか、作法に関しては今まで散々見ていたので問題ない。まぁ、作法と言ってもさして難しいものでもなく、普通に前まで歩いていって胸に勲章をつけてもらったら敬礼するだけだ。

この敬礼はよくある挙手の敬礼というやつで、元の世界でいうところの所謂『軍隊の敬礼』として使われているものと同じようなものであった。厳密には手の角度や挙げ方、掌《てのひら》の向きなんかが結構違うんだろうが、傭兵の場合はそこまで細かく言われないようだから気にしないでおく。

「君の活躍がなければここに立っている者のうちの数人が命を落とし、その部下の数百人もまた同じ運命を辿っていただろう。生きたまま銀剣翼突撃勲章を胸につける者は稀《まれ》だ。その勲章に相応《ふさわ》しい更なる活躍を期待する」

勲章をつけてもらった俺は無言で敬礼をして踵《きびす》を返した。こういう時に余計な口は叩かないのが良い。

偉い人の言った通り俺の受勲が最後だったらしく、俺が席に戻ったら偉い人がまとめに入った。内容は……聞き流した。軍人の皆さんにとってはこのアウトポストのトップの訓示だから真面目《まじめ》に聞くべきものなんだろうが、俺にはあまり関係がないし。そもそも俺は帝国のために戦ったわけじゃなく、単に金になりそうでなんとかできそうだから手を出しただけだ。そんな俺に帝国の命運は云々《うんぬん》とか我々の働きで臣民の命と財産を守る云々とか言われても困る。俺も一応大人なのでちゃんと聞いているフリくらいはするが、その内容は二割くらいしか頭に入ってこない。

そんな俺は聞くフリをしながら何をしているのかと言うと、この叙勲式会場に集まっている士官や傭兵の観察をしている。士官の方々は基地司令らしき偉い軍人さんの訓示を有り難く拝聴しているようだが、傭兵の殆どは俺と同じように聞き流しているらしい。そして、聞き流して何をしているのかと言うと、俺を観察しているようである。さっきから傭兵達と妙に目が合うし、間違いないだろう。

まぁ、お互いに顔に見覚えはない。特に俺は一つのコロニーを拠点として長期間滞在するようなことも今のところなかったし、顔見知りの傭兵なんてのはいないからな。どこか拠点となるコロニーなりなんなりを決めるのも良いかもしれないな。資材、弾薬、食料その他の購入に不便しない場所で、スペース・ドウェルグ社の支社があり、狩る対象である宙賊の存在に困らない場所だと良い。

そう考えるとブラド星系は悪くなかったか……？　いや、あそこは買い物や弾薬の補充、機体の整備には向くけどコロニーがドワーフ基準で圧迫感があるからなぁ。クリシュナ狙《ねら》いの技術者に付きまとわれそうな感じもあったし、あそこはないな。ミミの目標である銀河中のグルメを味わうというのもあるし、拠点を決めるのはまだまだ早いか。

などと思考を飛ばしているうちにお偉いさんのお話が終わり、解散となった。お偉いさんが最初に会場を出て行き、その後に佐官以上の上級士官が続いていく。なんとも難しげなお顔を俺に向けるセレナ少佐が実に印象的であった。

「俺も行っていいのかね？」

「はい、もう良いと思います」

メイがそう言うので、俺も席を立って出口へと向かう。一人だけなんか目立つ特別席に座らされた意味とは一体……？　戦功第一位だから特別扱いされただけかな。晒《さら》し者《もの》になったようであまり良い気分ではないと言うか、若干恥ずかしかったんだが。やたらと注目されたし。

「さっさと戻るか。依頼の話も来てるかもしれないし」

と言いつつ部屋を出ようとすると、進路を塞《ふさ》がれた。正確には、進路を塞ぐかのように誰かが立ちはだかった。見覚えのない顔——ああいや、こいつはあれだ。この会場に入る時に目が合った若い傭兵《ようへい》だ。

「何か用かな？」

あまり良い予感はしないが、一応聞いてみる。この場に残っているのは殆どが傭兵で、何人かは帝国航宙軍の士官も残っているようだ。そんな彼らは俺と俺の前に立ちはだかった彼の様子を興味深そうに観察している。

「どんなイカサマを使った？」

「はい？」

「どんなイカサマを使ったのかって聞いてんだよ」

「ええ……？　もしかして俺が群れに突っ込んで生き残った件？」

「それ以外に何がある？」

面倒くさい奴《やつ》であった。周りに視線を向けてみるが、肩を竦《すく》めたり腕を組んでニヤニヤとしてみたりと特に何か行動をするつもりはないらしい。ですよねぇ。俺も逆の立場ならそうするか、無視してとっとと船に帰るわ。

「どういう答えを求めているんだ、お前さんは」

「なんだと？」

「もし何らかのカラクリがあるとして、それを俺がお前さんに教える理由はないだろ？　そもそも土下座をしてどうか教えてくださいと言うならまだしも、なんでそんな喧嘩腰《けんかごし》で聞かれなきゃならんのだ。聞きたいならそれなりの態度ってもんがあるだろう」

「てめェ……」

若い傭兵が拳《こぶし》を握りしめる。お？　なんだ？　殴り合いか？　言っておくが俺は多分弱いぞ。こっちの世界に来てから身体《からだ》は鍛えてるが、殴り合いの喧嘩なんてしたこともないからな。一応エルマに格闘術の手解《てほど》きは受けているけど、実際に誰かと殴り合ったことはない。

「用がそれだけなら俺は失礼するぞ。悪いが暇じゃないんでね」

そう言って肩を竦め、若い傭兵の横を通り抜けようとして――。

「ぐあぁぁぁっ⁉」

室内に悲鳴が響き渡った。何事かと振り返ると、若い傭兵の手首をメイが握っているところであった。男の体勢を見るに、擦れ違いざまに俺の肩を掴《つか》もうとでもしたのだろう。それをメイが防いだわけだ。

「ご主人様に汚い手で触れないでいただきたいのですが」

ギリギリと音がするくらいに手首を握りしめながらメイが絶対零度の視線を若い傭兵に向ける。

「わ、わかった！　わかったから放せ！」

そう言われてメイが男の手首から手を離す。Ｏｈ……大丈夫？　手首砕けてない？　特殊な金属製筋繊維を持つメイの握力はパワーアーマー並みかそれ以上だ。もしメイが彼の手首を本気で握りしめていたらかなりスプラッタなことになっていたに違いない。

「変な因縁つける暇があったらシミュレーターでもなんでも使って腕を上げろよ。んで、もっと稼いで良い船を買え。俺はそうしてきた。結晶生命体の群れに突っ込んで無事だったのも、沢山練習して経験を重ねたからだ。特別なカラクリなんて何もないんだよ、本当に」

若い傭兵にそう言うが、彼は手首を押さえたまま睨《にら》みつけてきて何も言わない。うーん、処置なし。

「あー……まぁ、そういうことだから。お疲れ。お集まりの皆さんもお疲れ」

そう言って軽く手を振り、俺は叙勲式会場を後にした。少し歩いてから俺は口を開く。

「いやー、怖いわー。傭兵めっちゃ怖いわー。俺、ガチの殴り合いとか苦手なんだけどなぁ」

「そうですか……？」

メイが珍しく首を傾《かし》げている。無表情なままだが、彼女がこのようにボディランゲージで感情を表すのは非常に珍しいことだ。

「先日のブラドプライムコロニーでの戦闘を見る限り、ご主人様の戦闘レベルは相当高いものだと思いますが」

「それは戦闘だろ。殴り合いの喧嘩は別じゃないか」

「そういうものですか？」

メイが困惑しているように見える。困惑してるけど、それはなんというか別物だろう？　少なくとも、俺にとっては戦闘と喧嘩は別物だ。考える部分が違うというか、意識の置き方が違うというか……まぁそんなことはどうでも良いか。

「それより、あの絡まれ方はなんだったんだろうな、一体」

「新入りがいきなり大戦果を挙げて銀剣翼突撃勲章をもらったので、一発カマしておこうというものではないでしょうか」

「一発カマすて」

「腕っぷしが物を言う傭兵社会ではよくあることだそうですよ」

「そうなのかー……うーん、受けて立ったほうが良かったのかね？」

「私のようなモノを傍《そば》に侍らせるというのも一種の力の誇示の仕方です。問題ないかと。それに——」

「それに？」

言葉を途切れさせたメイに先を促す。

「——別に叩《たた》きのめそうと思えばおできになったでしょう？」

「どうかなぁ。まぁ息を止めればなんとでもなると思うけど。あれはなぁ、仕組みも何も理解不能だからできるだけ使いたくないよなぁ」

この世界に来てから俺は意識的に息を止めることによってなんかよくわからん超加速めいたムーブができるんだよなぁ。便利なんだけど、仕組みがわからないから濫用したくないんだよ。ショーコ先生のとこで診察を受けた時はなんか怖くて言い出せなかったし。ただでさえ未知の遺伝子を持っているとか言われてたのに、そんな変な能力があることまで言ったら監禁されそうだったもんな。

「ま、良いや。どうせここに長居するわけでもなし。とっとと忘れよう」

「帝国軍からの依頼内容によってはこのアウトポストに暫《しばら》く滞在することになると思うのですが」

「そうだった。あー、めんどくせぇ……バックレようかな？」

「セレナ少佐に恨まれるのでは？」

「それはそれでめんどくさそう……やだ、詰んでる」

俺は軽く絶望しながら天を仰ぐのだった。

#4：面倒くさい女

　銀剣翼突撃勲章の見た目は概《おおむ》ね予想通りだった。銀色の剣の形をしていて、翼をかたどった鍔《つば》が目を引く。予想と違うところはその鍔の部分に赤い宝石のようなものが埋め込まれていることくらいだろうか。

　これがまぁ目立つこと目立つこと。俺の胸に輝く銀剣翼突撃勲章を見た帝国航宙軍の軍人さん達がギョッとした顔をするのが少し面白い。

　ちょっとした優越感に浸りながら歩くこと数分。前方に見たくないものが見えてきた。艶《つや》やかな金髪、赤い瞳《ひとみ》、ちょっとそこらでは見ないような美貌《びぼう》、そして腰に差した一振りの剣。

「銀剣翼突撃勲章の受勲、おめでとうございます」

「ありがとう。そちらも銅盾翼勲章の受勲おめでとうございます」

「ええ、ありがとう」

「それじゃあそういうことで」

　とスルーして脇《わき》を抜けようとしたらガシッと肩を掴まれた。メイ！　助けてメイ！　心の中でメイに助けを求めるが、メイはいつも通りの無表情でこちらに視線を向けているだけでセレナ少佐の行動を止めるつもりはないようだ。

「ご主人様。どちらにせよ逃れられないのですから、無駄なことはなさらないほうが良いかと」

「聞き分けの良い子は好きよ。それに比べてこっちときたら……」

「俺は諦《あきら》めが悪いんだ」

とはいえ無理矢理セレナ少佐を振り切るのも難しいので、諦めて彼女に従うことにする。

「で、どうしろと？　ツラ貸せってことですか？」

「いざとなると話が早いわね。なら最初から手を焼かせないで欲しいのだけど」

「それはそれ、これはこれ。で、どこにします？　俺の船はマズいでしょ？」

「貴方《あなた》の船で良いわ。部下も向かわせてるし」

「さようで……」

セレナ少佐が先に立って歩き始めたので、俺もその隣について歩き始める。メイは俺達の後ろをそっとついてきている。

「聞きたいことは色々あるんだけど……まずその腰の剣はどうしたの？」

「ダレインワルド伯爵を襲った間抜けを俺とメイで叩きのめしたら伯爵がくれた」

「くれ……えぇ……？」

俺の端的すぎる物言いにセレナ少佐が困惑する。

「なんだっけ？　決闘の邪魔をされたのはちょっとムカつくけど倒したのはお前だからお前が持ってけみたいなそんな感じ」

「……なるほど」

俺の説明を聞いてセレナ少佐は少しだけ考え込んでから次はメイに視線を向けた。

「それで、この子がメイ？」

「そうだ。見た目はメイドさんだが、パワーアーマーとも戦える性能を秘めているぞ」

「そう。いつから一緒にいるの？」

「んー、シエラⅢで発注してからずっとだな」

「はい」

「シエラⅢって……私は会ってないのだけど？」

「ずっとクリシュナの中にいたもんな」

「はい。お会いする機会がありませんでした」

「そう……」

あの時にはセレナ少佐をクリシュナの中に招いて酒盛りなんてことはしなかったからな。わざわざ紹介する必要性も感じなかったし。

「メイは小型陽電子頭脳を搭載したれっきとした機械知性だからな。モノ扱いしちゃだめだぞ」

「わかってます。私を何だと思っているのですか」

憤慨した様子でセレナ少佐がスッと目を細める。割と傍若無人で粘着気質な少佐殿と認識しておりますが、何か？　とか言ったら拳が飛んできそうなので黙っておく。

「それで何の用なんです？　依頼の話なら傭兵ギルドを通していただければそれで良いんですが」

「そんなに邪険にしなくても良いではないですか。私と仲良くしておくと良いことがありますよ」

「そういうのは一回でも『良いこと』を持ってきてから言ってくれませんかねぇ……？　俺は少佐から面倒事しか頂いた記憶がないのですが？」

「それはお互い様ではないですか」

セレナ少佐がそう言って唇を尖《とが》らせる。美人は何をしても可愛《かわい》くて得だなぁ、ははは。

「それはもしやシエラ星系での一件を仰《おつしや》っていらっしゃる？　あれは少佐がかけてくれた面倒の貸しを返してもらっただけなんですが？」

だが俺をその程度のことでやり込められるとは思わないで欲しい。毎日美少女のミミや美女のエルマ、理想的な容姿のメイドロイドであるメイと過ごしているのだ。いくらセレナ少佐が美人だと言ってもその程度のことで絆《ほだ》される俺ではない。ついでに言えばセレナ少佐は絶対に面倒くさい女なので、そっち方面でどうにかなろうとは毛の先ほども思っていないのでダメージは0である。

え？　整備士姉妹？　可愛いとは思うけど、アレに手を出すのは犯罪じゃないかな……いや犯罪じゃないんだけどさ。成人してるし。でもちょっとな。絵面がな？

「わかった、わかったから……もう、そこまで露骨に嫌わなくても良いじゃない……」

セレナ少佐の口調が崩れて素が出てきた。この、こういう完璧《かんぺき》すぎずにちょっと隙がある辺りが本当に性質《たち》が悪いんだよな。

「別に嫌っちゃいませんけどね。面倒なだけで」

「それって嫌ってるってことじゃないの」

セレナ少佐が眉間《みけん》に皺《しわ》を寄せる。せっかくの美人が台無しですよ、少佐殿。

「セレナ少佐の立場があらゆる意味で面倒なだけで、人柄はそこまで嫌いじゃないですよ。頭の回転が速くて、美人で、でもプライベートではどこか詰めが甘くてポンコツな少佐は可愛い人だと思いますが」

「ポンコツ……って可愛い？」

「完璧すぎないところがポイントですね。これでプライベートも隙がない完璧超人だったら近寄り難い感じだろうなと思います」

「その評価は喜んで良いのか何なのか……その割には貴方、私のことを露骨に避けるわよね？」

「少佐殿はあらゆる意味で面倒くさいので……」

「その面倒くさいっていうのやめない？　普通に傷つくわ」

本当に面倒くさい女だよ、少佐は。

「まず少佐のどこが面倒って実家ですよね。下手《へた》なことを言ったりやったりすると侯爵家に何をされるかと思ってしまって近づかんとこってなりますし」

「生まれはどうしようもないのだけれど」

「ならそういう星の下に生まれてきたんですね」

「身も蓋《ふた》もないわね……はぁ」

セレナ少佐がしゅんと肩を落として溜息《ためいき》を吐《つ》く。そうそれ、そういうの。

「でもセレナ少佐は可愛いので、構いたくなるんですよね、男としては。でも立場が少佐で偉い人だし、そもそも侯爵家の令嬢だしってことで構うわけにもいかない。結果的に男はセレナ少佐を避けることになるってわけです。万が一にも情を移してしまうと大変なことになるので」

「それは慰めているのかしら？」

「少佐は別に嫌われてるってわけじゃないってことですよ。面倒くさいから近寄りたくないだけで」

「なるほど、慰めているのではなく喧嘩を売っているのね？　高く買って差し上げるわよ？」

「やめてくださいしんでしまいます」

ジト目でこちらを睨みつけながら剣の柄《つか》に手をかけるセレナ少佐に両手を挙げて降参のポーズを見せる。そんな感じで戯《たわむ》れているうちにブラックロータスが停泊しているハンガーに辿《たど》り着《つ》いた。

「少佐」

「ご苦労さま。悪いわね」

「いえ」

ハンガーにはセレナ少佐の部下達が待機していた。人数は三名。一人はガタイの良い男性軍人で、セレナ少佐の副官であるロビットソン大尉と、名前を知らない女性軍人が二名だ。公式に俺の船を訪れるとなると、これくらいの人数が要るというわけだな。

「お久しぶりで。新しい船にご案内しますよ」

「はい、お久しぶりです。この度は銀剣翼突撃勲章の受勲、おめでとうございます」

「どうもありがとう。受勲した本人はその重さをいまいち理解してないんですがね」

「ははは、その辺りは流石《さすが》ですな」

ロビットソン大尉とは顔見知りである。以前アレイン星系でセレナ少佐の対宙賊独立艦隊に対宙賊戦術を伝えた時にもしょっちゅう顔を合わせていたからな。他の二人も名前までは知らないが、見知った顔ではある。

なんで私の時よりも親しげな感じなのかしら……？　とでも言いたげなセレナ少佐をスルーして少佐を含めた四人をブラックロータスの船内へと案内する。ブラックロータスの内装の豪華さに唖《あ》然《ぜん》とする四人の反応もスルーしつつ居住区画の食堂へと向かうと、そこにはミミとエルマが待っていた。整備士姉妹の姿は見えないが、部屋にでも籠《こ》もっているんだろうか？

「ただいま。ティーナとウィスカは？」

「軍人さんとの話を邪魔しちゃいけないからって言って部屋に戻ったわよ」

「一応今後の活動方針を決める話し合いになるだろうから、来てもらったほうが良いと思うんだよな」

「そうは言ったんだけどね」

エルマが肩を竦《すく》める。妙なところで遠慮するね、あの二人は。

「ミミ、すまんが呼んでくれ」

「わかりました」

「軍の皆さんはお座りください。席の序列とかそういうのは船長の俺が気にしないんで、適当にお願いします。メイ、悪いが全員に水のボトルを」

「かしこまりました」

タブレットを操作し始めるミミを横目に対宙賊独立艦隊の面々に着席を促し、メイに飲み物を用意してもらう。本当はテツジン・フィフスの淹《い》れるコーヒーもどきでも紅茶もどきでも構わないのだが、好みを聞くのが面倒だから無難に精製水のボトルだ。

「ええと、今回わざわざこちらを訪ねていただいたのはアレですよね。依頼の件ですよね」

「そうなるわね。傭兵《ようへい》ギルド経由じゃ細かいニュアンスが伝わらないでしょうから。直接話をしにきたわけです。この場で傭兵ギルドを通さずに依頼するつもりじゃなく、事前の折衝だと思って頂《ちょう》戴《だい》」

「了解。エルマとミミもそういうことで良いな？」

「良いわ」

「はい」

「じゃあそういうことで……と少々お待ちください。スペース・ドウェルグ社から出向してきてる二人も一応クルーなんで、彼女達にも聞いてもらいますんで」

「彼女達ねぇ……また女の子が増えたのかしら？」

そこはかとなく冷たい視線を向けてくるセレナ少佐に肩を竦めてみせる。

「少佐に睨《にら》まれる理由がよくわかりませんが、女性ではありますね」

と、言ったそのタイミングで整備士姉妹が食堂に駆け込んできた。

「待たせる形になってしまって申し訳ありません！」

「ごめんなさい！　許してください！」

土下座しかねない勢いでティーナとウィスカが頭を下げる。そんな二人をたっぷり数秒見つめてからセレナ少佐は俺に再び視線を向けた。

「まさか……」

「何を想像してるかは敢《あ》えて聞かないが、違うからな。あの二人には手は出してないからな。というかあの二人はドワーフだから。身体《からだ》は小さいけどちゃんとしたレディだから。そこのところはよろしく頼むぞ。本当によろしく頼むぞ」

今から仕事の話をするというのに一体何故《なぜ》俺はこんなことを必死で説明しているのか。本当に面倒くさい女だよ少佐は。

☆★☆

メイの給仕によって全員に精製水のボトルが行き渡り、事前折衝とやらが開始された。難しい言葉を使っているが、まぁ平たく言えば実際に行動を起こす前に条件のすり合わせをしましょうね、ということである。

「とりあえず、司令には貴方達をうちの艦隊につけてもらうということで了承は取れました」

「それは良いな。何も知らない同士で組まされるよりはずっとマシだ」

「そうですね。私達としても腕前や戦力がある程度わかっている相手のほうが作戦も立てやすいので」

「それで、どんな難題を押し付けられたの？」

エルマの発言にセレナ少佐が片眉《かたまゆ》を上げてみせる。

「難題というわけではありません。少々危険度が高い地域の調査を任せられただけです」

「少々、ですか」

ミミが緊張した声で聞き返す。本当に少々なのかは俺も疑問です。

「はい。ここイズルークス星系はハイパーレーンのハブ星系です。五つの星系からのハイパーレーンがこのイズルークス星系に集中していて、そのうち四つの先は帝国領となっており、残りの一つが辺境星域へと繋《つな》がっています」

「辺境星域ねぇ……調査船は？」

「過去に一度調査船団が探索に向かいましたが、未帰還です。偉大なる帝国のリソースも無限ではありませんので、帝国はこのイズルークス星系に前哨《ぜんしょう》基地と防衛戦力を配置し、他方面にリソースを振り分けて開発を進めていたわけですね」

「なるほど。民間の調査船は？」

「未帰還の船が多いですね。とはいえ、帰還した船が皆無というわけでもありません。帰還した民間調査船の報告によって結晶生命体の存在が確実視されることとなり、この前線基地には通常よりも多くの戦力が配置されました」

「その増強の結果がセレナ少佐達か？」

「いいえ。私達は最近結晶生命体の活動が活発化したことに対する追加の増援ですね。一時的なものです」

「なるほど……それで、俺達が依頼を請けた場合はセレナ少佐の艦隊に同行して未探査領域の調査行をすることになると」

「はい。結晶生命体との遭遇、そして戦闘が高い確率で予想されます」

「ですよね。報酬は？」

「24時間あたり40万エネルです」

「それは随分と張り込んだなぁ……」

「よんじゅうまんえねる……」

ティーナが唖然とした表情で呟《つぶや》き、ウィスカが目を丸くして固まっている。ミミとエルマは難しそうな表情をしている。多分俺も同じような表情をしている。

「玉砕に付き合うのは絶対に御免なんだが」

報酬が高すぎるのが怖い。あまりに高すぎて何かヤバいことに従事させられる感が凄《すご》いんだよなぁ。

「私達だって望んでそんなことをするつもりはありません。この額は貴方の実力に対する正当な評価と、働きに期待してのものです」

「働きに期待して、ねぇ……」

こき使われそうで怖いなぁ。まぁ、ここでグチグチと言っても仕方ないか。

「望んで玉砕するつもりはないって、そう言ったよな？」

「はい？　言いましたが……」

「ならヤバいと思ったら逃げるってのと、俺の忠告に耳を傾けるってことをここで約束してくれ。俺と少佐の間で非公式に、個人的にってことで構わないから。契約書に俺達が危険だと思ったら勝手に逃げて良いって明記しろとまでは言わない。それなら仕事を請けさせてもらう」

「ふむ……」

セレナ少佐は形の良い顎《あご》に手を当て、少し考え込んでから頷《うなず》いた。

「わかりました、約束しましょう。私は貴方の言葉に耳を傾ける、貴方達を含めた全艦隊乗組員の命の安全を優先する。これで良いですか？」

「俺としてはそれで上出来だ。二人からは何かあるか？」

「いいえ、ヒロ様の言った内容で大丈夫です」

「私からも文句はないわ」

「ティーナとウィスカは？」

「う、うちらか？　別にうちらからは何もないけど……」

「お姉ちゃん、報告書」

「あっ、せやな。えっと、少佐さん」

「はい、なんですか？」

ティーナからの呼びかけにセレナ少佐が小首を傾《かし》げる。

「うちら……いや、私達、会社に報告するために日誌をつけてるんです。その、これから先の内容は日誌にして報告しても大丈夫なんですかね？」

「そうですね……こちらの船内で見聞きしたことに関しては問題ないと思いますが、念の為《ため》チェックさせてもらいましょうか」

「検閲か？」

「人聞きの悪いことを……万が一軍事機密情報が入っていた場合大事になりかねないので、事故防止のためです。完全なる善意ですよ」

茶化した俺にセレナ少佐がジト目を向けてくる。

「内容については私が毎日チェックしていますので問題ないとは思いますが。念の為チェック後のものを私からお送り致します」

「そう？　ならそうして頂戴」

「かしこまりました」

メイが頭を下げる。寧《むし》ろメイが検閲していたというオチだろうか、これは。何故かティーナが

「えっ？」という顔をしているのはどういうことだ。ウィスカは特に反応してないから、ウィスカは知ってたのか。なんでティーナは知らないんだよ。

「あとは立場の問題だけど……この前と同じ感じか？」

「はい。貴方は私の直属の部下扱いで、命令権は艦隊司令官の私にのみあるという形ですね」

「ＯＫ。じゃあ、今話し合った内容で傭兵ギルドに通してくれ」

「わかりました」

「あとは補給に関してなんだが、ブラックロータスは積荷を降ろしたからカーゴ容量が結構余ってるぞ」

「それは良いですね。少しでも補給物資を積んでいただけるとこちらとしても助かります」

「だが、勿論《もちろん》タダってわけにはいかない」

「……ちょっとガメつくありません？」

ヒクリとセレナ少佐が頬《ほお》を引《ひ》き攣《つ》らせる。そりゃお前さん、宇宙空間において安全な空間ってのはタダでは提供されないもんよ。

「まぁまぁ、最後まで話を聞け。別に金を取ろうって話じゃない」

「……続けてください」

疑わしげな視線を向けてくるセレナ少佐に両手を広げてみせながら口を開く。

「仕事が終わってこの星系を離れる際に空荷で出るのは勿体《もったい》ない。だから俺達としては何か荷を積んでいきたいわけだ。そこで、作戦行動に使う補給物資をうちの船に積んで作戦行動に貢献する代わりに、依頼完了後に結晶生命体由来の素材を仕入れる際の口利きをして欲しい」

「……ふむ」

「俺達は少佐の仕事を最大限手伝う。その代わり、少佐にも職権の範囲内で最大限手伝ってもらう。フェアな取引だと思うが、どうかね？」

「念の為聞きますが、口利きというのは——」

「当然タダで横流しをして欲しいとかそういうことじゃない。軍が品質を保証する確かな素材を、できるだけ安い価格で仕入れさせて欲しいって意味だ」

初めてセレナ少佐に出会った時のことを思い出す。彼女は不正に厳しい態度で臨む正義感の強い人だ。そんな人に横流しを頼むほど俺は間抜けではない。

「良いでしょう。主計科に知り合いがいますから手配します。あと言い忘れましたが、任務中の補給に関してはこちらで持ちますので。ただし、嗜好品《しこう》は別です」

「承知しております。じゃあ、あとで積載可能量をデータで送りますんで」

「わかりました、それではこれで」

セレナ少佐が席を立ったので、全員で彼女とその部下三人を見送る。

「とりあえずそういうことで、皆覚悟を決めてくれ」

「はいっ」

「わかったわ」

「かしこまりました」

「お、おう」

「わ、わかりました」

やっぱり整備士姉妹が少し怯《おび》え気味だな。まぁ、仕方ないと思うけど。普通の人は結晶生命体のいる辺境領域になんか行かないものな。結晶生命体による侵食同化の恐怖というのは一般的にかなり広まっているようだし。

「そんなに心配しなくてもブラックロータスが直接攻撃されるような事態に陥ることはまずないから心配いらないぞ。砲艦仕様のブラックロータスが直接攻撃に晒《さら》されるような状況ってのはもうほぼ全滅って状況しかない。そうなる前にセレナ少佐は撤退に移るだろうから、実質的にブラックロータスが危険に晒されるようなことはないと考えて良い」

「そ、そうか……大丈夫なんよね?」

「心配いらないぞ」

ティーナとウィスカとメイはな。俺とミミとエルマの乗るクリシュナは結晶生命体と近距離戦をすることになるだろうけど。まぁ、よほどの群れとやり合わない限りは大丈夫だ。少佐達の艦隊戦力もあるしな。

「補給は済んでるはずだよな?」

「はい。ヒロ様に言われた通りに対艦反応弾頭魚雷もクリシュナに積んでいる四発以外にブラックロータスに十二発積んでおきました」

「補給担当の人、顔を引き攣らせていたけどね」

「タダで補給させてもらえるってんなら遠慮はしないよなぁ」

本当はクリシュナに積む分とは別に二十発の予備をもらおうと画策したんだが、十二発までしか出せないと言われてしまったんだよな。まぁ、使いようによっては一発でコロニーを壊滅させかねない危険物だから仕方ないっちゃ仕方ないんだが。

「水と食料、生活雑貨の類もブラドプライムコロニーで補給してきたし、行軍中は軍からの支給もあるって話だから……うん、依頼を請けて軍からの補給物資を積み込んだらすぐにでも出撃可能か。船の整備状況はどうだ？」

まだちょっと緊張気味の整備士姉妹に話を振る。日常の会話をして少しでも緊張を緩和できると良いんだが。

「ん、クリシュナのほうは終わってるで。ブラックロータスのほうも細かいチェックが残ってるだけやから、今日中には全部終わるわ」

「今回はブラックロータスも全力で攻撃していますから、一応エネルギー系統や装備の損耗度合いもチェックしてるんです。今のところは大きな問題は上がってきてません」

「そうか、なら引き続き頼む」

「任せとき」

「はい」

「じゃあ一旦《いったん》解散ってことで。ギルドから依頼が回ってきて、出撃時間が確定したら連絡を入れる。それまでは各自やるべきことを済ませたら自由行動ってことで頼む。ああ、できれば船内に留《とど》まるように。外に出ても遊ぶところも観光スポットもないからな」

全員から了解の旨が返ってくる。

俺はどうするかね。連絡が来るまでやることもないんだが……特に目的はないけど時間まで皆の様子でも見て回るかな。今までの宙賊とかを相手にするのとはちょっと違った危険性のある依頼になりそうだし。船員のメンタルケアも船長の仕事だものな。

#5：キャプテンの務め

「ふぅむ……」

　様子を見て回ることにしたわけだが、どうしたものか。ミミとエルマ、それにメイと整備士姉妹か……まずは整備士姉妹にするかな。ミミとエルマはなんだかんだで俺と無茶をするのには慣れているし、メイはあまり心配いらなそうに思える、まずは俺の船に乗って日が浅い整備士姉妹のケアをするべきだろう。ミミとエルマは夜にでもゆっくり話せば良いだろうし。

　というわけで、姉妹の元を訪れたわけだが。

「あ、兄さんどしたん？」

　二人は休憩室のソファに並んで座っていた。特に何をするでもなく、身を寄せ合い、互いに寄りかかるようにして座りながら異星植物が繁茂するテラリウムを眺めていたのだ。

「いや……皆の様子を見て回ろうと思ってな。邪魔をしたかなと」

　姉妹で仲良くまったりとして精神を落ち着けていたのなら、俺の出る幕ではない気がする。

「そっとフェードアウトするから気にしないでくれ」

「や、別に行かんでもええやん。ここに座ってや」

　そう言ってティーナがウィスカから身を離し、一人分ずれて自分とウィスカの間をポンポンと叩《たた》く。

「二人の間に入れと……？　それは大丈夫なのか？」

百合の間に挟まると色々な方向から殺されそうな気がするんだが？　いや、二人はそういうのじゃないんだろうけどもさ。

「何を言うてんの？　はよ座ってぇな」

「う、うむ……」

「変な兄さんやなぁ」

ケラケラと笑うティーナの隣に座る。ティーナの隣ということは、つまりウィスカの隣でもある。

「はいどーん」

「うぉい？」

座るなり、ティーナが俺に抱きつくように身を寄せてきた。

「ほら、ウィーもやるんやで」

「えぇ……ど、どーん」

ティーナに唆《そそのか》されたウィスカもどーんしてくる。なんなのだこれは。

「なんとなく人肌が恋しい気分なんよ。あ、えっちな意味やないよ？」

「えっちな意味で言われても困るんだが」

「なんでやねん。ティーナちゃん可愛《かわい》いやろ。ウィーも可愛いやろ」

俺の腕をぎゅっと抱きしめながらティーナがぷんすこと怒る。

「二人とも可愛いのは認めるけどさぁ……」

可愛いというのとそういう対象として見るのとはまた別問題でな、俺の中では。というか、二人は可愛いんだけど、身体《からだ》が小さくていかにも絵面が危険な感じだからさ……新たな扉を開いてしまいそうで怖いんだよ。

「その話はおいておいてだな。ええと……」

「ええと？」

「……特に気の利いた話題が思い浮かばないな」

「話下手《べた》か。ミミも姐《あね》さんもなんで兄さんに引っかかってるんやろなぁ」

「うるさいやい。話下手とか言うならそっちから何か気の利いた話題を振ってみろってんだ」

「せやなぁ、じゃあウィーのやらかし話でも暴露しよか」

「お姉ちゃん」

「あれは四ヶ月くらい前の話やった。その日は塗装のし直しで船を預かっててな。塗装作業をしてたんやけど、ウィスカの作業服のお尻《しり》の部分に塗装用のペイント液がついてな。ウィスカはそれに気づかずに作業場のあちこちにお尻の形の判子を……」

「お姉ちゃん！」

顔を赤くしたウィスカが叫んでティーナの話を遮る。意外とうっかりさんなのかな、ウィスカは。

「可愛いやろ？」

「可愛いな」

「くぅ……お姉ちゃんがその気なら、私もお兄さんにお姉ちゃんの恥ずかしい話を聞かせるからね！」

「おう、やってみぃ。うちは更にその倍ウィーの恥ずかしい話をしたるで」

どんなに恥ずかしい話も薄着で俺達の部屋に押しかけてきたあの時の最大瞬間風速は上回れないのではないか？　と内心で思いつつ二人の話に耳を傾けた。

☆★☆

「寝ぼけたティーナがパジャマのまま出勤するエピソードは良かったな」

「だ、誰《だれ》だって寝ぼけるくらいはあるやん？　パジャマのまま出勤するくらい……」

「いやそうはならんやろ」

　いくら寝ぼけてもそれはない。寝ぼけすぎにも程がある。

「ふふん、やっぱり私よりもお姉ちゃんのほうがうっかりさんだよね」

「それはない。ウィーのほうがうっかりさんや」

「お姉ちゃんのほうがうっかりさんだよ」

「ウィーのほうや」

「お姉ちゃんのほう」

「「ぐぬぬ……」」

「むむむ……」

　なんだかこの短時間で二人の恥ずかしいエピソードをかなりの数聞かされてしまった気がする。まぁ、恥ずかしいエピソードといってもちょっとした失敗談みたいなものばかりだったけど。

「ぐぬぬ……」

五十歩百歩という言葉を知っているだろうか？　どんぐりの背比べでも良いんだが。まぁ俺は大人なので、敢《あ》えて口には出さないでおく。俺から見れば二人とも同じように思えるけどな。

そういえばいつの間にかティーナだけでなくウィスカも俺の腕に抱きついているな。ついつい熱が入って周りが見えていないのか……俺の中でウィスカのうっかりさんポイントが追加される。どっちもどっちだが、このうっかりでウィスカのほうが僅《わず》かにリードだろうか。

「というか、よく考えたらうちらの失敗談だけ兄さんに暴露するのは不公平やないか？」

「むっ……確かにそうだね。お兄さんの失敗談も聞かせてください」

「俺の失敗談かぁ……」

急に言われてもなぁ。二人には俺の事情は何も話してないから、あんまり迂闊《うかつ》なことは言えないな。ここは最初にミミやエルマに話した記憶喪失エピソードを使うか。

「昔のことはあまり覚えてないんだ。記憶がはっきりしてるのはミミやエルマと会うちょっと前からでな……どうもハイパードライブの事故か何かで記憶喪失になってるらしい」

「またまたそんな……え？　ガチなん？」

「うん、ガチなんだこれが。気がついたら電源が落ちた状態のクリシュナのコックピットで寝ててな。寒くて目が覚めた。何故《なぜ》だかクリシュナの操作そのものは身体が覚えてくれてなんとか助かったけど、いきなり宙賊に襲われたりしたし、ようやっと辿《たど》り着《つ》いたターメーンプライムコロニーでは船の寄港履歴が一切なかったりして相当怪しまれたよ」

「そんな……じゃあ、家族や兄弟の記憶も……？」

「ないな。あまり気にはしてな――」

気にはしてない、と言おうと思ったら姉妹が左右から俺の顔を見上げてきた。なんだろう？　と首を傾《かし》げる。

「兄さん、何の悩みもなさそうに見えて苦労してたんやな……」

「寂しくない……？　大丈夫……？」

二人がめいっぱい手を伸ばして俺の頭を撫《な》でてくる。う、うーん……確かに家庭環境に恵まれた生い立ちとは言えないが、ここまで二人に心配されるのはなんだか心が痛むような。

「いや、別にあまり気にしてないから」

「嘘《うそ》を吐《つ》いたらあかん。家族の記憶がないなんて絶対に不安なはずや」

「そうだよ、お兄さん」

「そ、そうか……」

二人の有無を言わさぬ物言いについ押し負けてしまう。だって二人とも顔が真剣なんだもの。本気で心配されているというのが伝わってくるから無下にすることもできない。

「寂しかったらうちらに甘えてもええんやで？」

「いやそれは」

「嫌ですか……？」

「い、嫌ではないですけど」

君達落ち着きたまえ。そして考えろ俺、考えるんだ……この状況を打破する方法を——閃《ひらめ》いた！

「俺の記憶の話はとりあえず横においておいてだな、俺とミミやエルマ、それにメイがどうやって出会ったのかって話に興味はないか？　二人とも皆とはもうそれなりに話してるだろうけど、そういう経緯まではまだ聞いてないだろ？」

「ん……それは確かにそうやね」

「そうだろうそうだろう。丁度今話してたターメーンプライムでの話でな……」

そうして俺はこの世界に来て、エルマやミミ、それにセレナ少佐と出会った頃《ころ》の話を二人にし始めた。こころなしか、二人の密着度合いが増して、俺を見る目が少し変わったように思うが……こうして二人とゆっくりと時間を過ごしたのは悪いことではないように思えた。

☆★☆

姉妹はメンテナンスポットの充電とセルフメンテナンスの空き時間に休憩していたようで、メンテナンス終了のアラームを受けて名残惜しそうに仕事に戻っていった。俺はそれを見送り、メイがいるであろうブラックロータスのコックピットへと向かう。

「ご主人様、どうかされましたか？」

コックピットに入るとすぐにメイがこちらへと振り返った。こちらを振り返る彼女の手首にはコックピットのコンソールから伸びるコードが繋《つな》がっている。恐らくあのコードを介してブラックロータスの制御を行っているのだろう。もっとも、今は船を航行させているわけではないから、彼女が何をしているのかは俺にはわかりかねるのだが。

「いや、依頼を請けて船を出す前に皆の様子を見ようと思ってな」

「それでここに？」

「ああ。メイもクルーだからな」

「そうですか」

赤いフレームの奥で光る瞳《ひとみ》に僅かながら嬉《うれ》しげな感情が垣間見《かいまみ》える気がする。メイの無表情は相変わらずだが、最近は微妙な感情の変化を読み取れるようになってきているように思える。どちらかというと俺が読み取れるようになったというより、メイの表情が豊かになってきているのかもしれない。見た目には殆《ほとん》ど変わらないから、表情が豊かにといってもごく微妙な変化なのだが。

「ご主人様は不思議な方です」

「そうか？」

「はい。帝国においては私のような機械知性は法のもとに人格権を保証されています。しかし、法のもとに人格権を保証されていることと、実際にそれが人々に認められているかは別の話です」

「んんん？」

メイの言うことがちょっと理解し難い。どういうことだろうか？

「機械知性の人格権が認められていない他国の民はもちろんのこと、人格権が保証されている帝国の民ですら私達機械知性の人格権を完全には認めていません。無論、皆無ではありませんが、ご主人様のように本当に一個人として認めてくださる方は稀《まれ》です。例えば今のように、これから危険な場所に行くからと心配して様子を見に来るような方は」

そう言ってメイは徐《おもむろ》に俺との間合いを詰め、無造作に抱きついてきた。不意を突かれた俺は自分自身と殆ど変わらない長身の彼女に抱き竦《すく》められて身動きができなくなる。

いつも思うのだが、彼女は間違いなく機械であるはずなのに何故こんなに良い匂《にお》いがするんだろうか？　僅かに香る甘い匂いにいつもドキドキさせられてしまう。

「メイさん？」

「私は確かに機械です。ですが、怖いものは怖いのです。結晶生命体は有機生命体だけでなく、私のような機械知性も食い殺します。ご主人様の与えてくれたこの身体《からだ》も例外ではありません。そしてミミ様やエルマ様、ティーナやウィスカも同じように食い殺すでしょう。彼女達は私の大切な友人です。その彼女達が食い殺されたりしたら、私は悲しみでどうにかなってしまうでしょう」

　メイは一息でそう言い、そして俺を抱き竦める腕の力を僅かに緩めて至近距離から俺の顔をじっと見つめてきた。

「それに何より、ご主人様を失ってしまうのが恐ろしいのです。ご主人様は私の存在意義そのものです。仮にミミ様やエルマ様が生き残ったとしても、ご主人様を失ってしまったら私は壊れてしまうでしょう」

　これ以上ないメイの真剣な表情に俺は無言で頷《うなず》く。

「本当はこのような危険な依頼は請けて欲しくないと思っています。結晶生命体など帝国軍に任せておけば良いのです。危険に対して得られる利益が少なすぎます。エネルを稼ぐだけなら宙賊だけを狙《ねら》ったほうがリスクが低く、効率的で、多くの人の役に立ちます。ですが、ご主人様はセレナ少佐をお見捨てにはならないでしょう」

「そうだな」

　ここでセレナ少佐に協力しないでこの星系を去って、後にセレナ少佐がこの戦場で戦死したという話を聞いたら俺はきっと後悔するだろう。あそこで手を貸していれば、と。

「ですから、お止めは致しません。ただ、私は私にできることをするのみです」

「すまないな」

「いいえ。こうして気にかけてくださるだけで私は幸せです」

俺もメイを抱きしめる。彼女の骨格は強靭《きょうじん》な特殊金属で、筋肉は特殊な金属繊維。柔らかな肌は人工的に合成された有機素材で、温かな体温は彼女の超小型ジェネレーターの発する排熱だ。艶《つや》やかな黒髪も、黒曜石のような輝く美しい瞳も何もかも、ヒトというものを模して作られた紛《まが》い物だ。

それでもやはり、俺にとってメイはメイだ。本物とか紛い物とかそんなことはどうでも良い話だ。

「結晶生命体なんかには後れは取らないから」

「はい。そう信じています」

「信じててくれ。絶対に裏切らないから」

暫《しばら》く抱き合った俺達はどちらからともなく身を離す。

「ブラックロータスの管理、運行はお任せください。この船はご主人様の帰る場所です。必ず守り抜きます」

「頼りにしてる」

「はい。お任せください」

そう言って頭を下げるメイに軽く手を振り、俺はミミとエルマがいるであろうクリシュナへと向かうことにした。

☆★☆

ミミとエルマはクリシュナのコックピットにいた。

「何してるんだ？」

「あ、ヒロ様」

「依頼を請けるなら相手は結晶生命体になるでしょ？　ミミがクリシュナのレーダーの調整をするっていうから、付き合ってたのよ」

「なるほど」

それほど劇的に変わるわけではないが、ある程度対象を絞って調整することによってレーダーの感度を上げることは可能だ。結晶生命体用に特化させることによって若干だがレーダーの性能を上げることができる。無論、特化した分その他の対象に対しては若干感度が下がるのだが。

「一回調整してプリセットを登録しておけば即座にモードを変えられるじゃない？　この際だから色々登録しておこうと思って」

「それは良い試みだな。使いこなせればオペレーターとしては一人前だ」

「頑張ります！」

ミミが気合を入れてコンソールの操作を続ける。俺はなんとなくコックピットの入り口からそれを眺めていた。こうしてミミがオペレーターらしいことをしているのを見ると、初めてこの船に乗せた頃のことを思い出すな。あの頃は不安と緊張でおどおどしてたのに、今はもう一端《いっぱし》のオペレーターだ。

ミミと出会ってどれくらいだ？　船に乗っていると時間の感覚が曖昧《あいまい》になってなんとも言えないが、まだ一年は経《た》ってないよな。一年も経たずにここまでオペレーターとしての腕を上げたのは才能もあるかもしれないけど、まぁミミの努力の賜物《たまもの》だよな。暇があればタブレットを使ってオペレーターの勉強をしてたし。

と、考えているとミミとエルマが二人して俺のほうをじっと見てきた。

「どうしたの？　ぼーっとして」

「もしかして、依頼について不安があるんですか？」

「いや、別にそういうわけじゃない。ただ、ミミも立派になったなって思ってただけだ」

「えぇ⁉　そ、そんなことないですよ？　まだまだ初心者です」

ミミが顔を赤くしてわたわたと両手を振る。確かにそういうところはまだまだ初々しいけど戦闘中に取り乱すようなことはあまりなくなったし、オペレーターとして仕事をしている時は表情に自信のようなものが見えるようになってきている。

「そうね。ターメーン星系にいた頃とは比べ物にならないわ」

「えぇ……なんですかもう、エルマさんまで」

からかわれていると思ったのか、ミミが恥ずかしげな表情で少し膨れる。

「エルマはどうか知らんが、俺は本気で言ってるぞ」

「あら、私だって本気よ。まぁ、ヒロの船に乗っていればこうなるのも当然かもしれないけど」

「そうですよ。ヒロ様のおかげです」

「俺？」

「そうよ。実戦経験が多い分成長が早いんでしょうね」

エルマの言葉にミミがコクコクと頷いている。確かに他の船に比べれば宙賊の討伐数は多いだろうな。それはつまりエルマの言う通り実戦経験をそれだけ積んだということになる。確かに実戦経験を積むのは成長に繋がるかもしれないが、ゲームじゃあるまいしそれだけでオペレーターとしての腕が上がるわけないだろう。

「それよりもミミが必死に勉強したからだと思うけどな」

「それもあるわね。ミミの努力とヒロのスパルタな実戦経験の積ませ方の賜物よ」

「エルマさんの指導のおかげでもありますよ」

「そうだな。全部揃《そろ》ってのことだろ」

「……そうかもね。それでえぇと、何の話だったかしら？」

少しだけ顔を赤くしたエルマが強引に話題を切り替えようとする。

「エルマが可愛《かわい》い話？」

「結構恥ずかしがり屋さんですよね」

「もう！　からかわないの！」

ぷりぷりと怒るエルマにミミと二人で笑いながら謝る。

「それで、ヒロは何してるのよ？」

気を取り直したエルマがジト目で聞いてくる。

「別に何してるってわけじゃない。ただブラブラして皆の様子を見て回ってるだけ」

「ふーん……」

エルマが俺に近寄ってきてスンスンと鼻を鳴らす。

「……仲良くしてきたみたいね？」

「やだこわい」

「他の女の匂《にお》いがする……！　ってやつですね！」

俺とエルマのやり取りを見たミミがクスクスと笑う。笑い事じゃないよ。マジで怖いから。

「それじゃあ私とミミとも仲良くしてもらいましょうか」

「それはいい考えですね」

「お手柔らかにお願いします」

「そうねぇ……後回しにしてくれた分はしっかりとサービスしてもらわないとねぇ」

エルマが俺の左腕を、ミミが俺の右腕を抱え込んでどこかへと連行し始める。

「まずは食堂で美味《おい》しいものを食べさせてもらいましょう」

「そうね。その後はどうしようかしら？」

「マッサージをしてもらうとかどうですか？」

「はいはい……なんでも致しますよ」

二人に引っ張られながら苦笑いを浮かべる。まぁ、少々こき使われるくらいのことは甘受するとしよう。依頼を請けて出撃したらイチャつく暇もないだろうからな。

#6：偵察艦隊

翌日の朝一番に傭兵《ようへい》ギルド経由で軍から指名で依頼が出された。内容は事前に提示されていた通りで、一日あたり40万エネルだ。クリシュナとブラックロータスはセレナ少佐の率いる対宙賊独立艦隊に同行し、彼女の艦隊の作戦遂行を支援する。作戦中の補給は基本的に帝国航宙軍持ち。ブラックロータスは可能な範囲内で補給物資を積み込み、砲艦としてだけでなく補給艦としての役割も負う。契約期間は最長で三ヶ月——九十日と定められた。

「最長で三ヶ月ですか……」

ミミが手元のタブレット端末を見ながら少し憂鬱《ゆううつ》そうな声でそう言う。最長三ヶ月ってだけで、状況次第ではもっと早い段階で契約は終了になるんだけどな。まぁそれなりに長い時間を拘束されるのは間違いないだろう。

「妥当だと思うけどな。何せハイパーレーンを移動する時間も含まれるわけだし」

それに答える俺はクリシュナのタラップの上からブラックロータスのカーゴスペースへと次々に帝国航宙軍の補給物資が積み込まれていく様子を見ていた。

搬入はブラックロータスに装備されているＡＩ制御の搬入システムによって行われており、搬入システムが制御する荷運びドローンが一糸乱れぬ効率的な動きで荷運びをする様子はなかなかに楽しい光景だ。

「そうね。いくつの星系を渡り歩くことになるかわからないけど、移動に数日かかることもあるし」

エルマもまた俺と同じように荷物が運び込まれるのを見ているが、さして興味はなさそうである。はたらく機械にはあまり興味が湧《わ》かないらしい。俺は工業機械が規則正しい動きでものを作ったりする様子を割と飽きることなく見ていられるんだけどなぁ。

「こんなに拘束期間が長い依頼はアレイン星系以来ですよね」

「そうだな。まぁ長くなりそうだから気楽に行こう」

常に緊張状態を保つことなど不可能だし、それで肝心な時に消耗して力を出せないようじゃ本末転倒だからな。

「でもまぁ、そんなに長くならないいんじゃないかと俺は思ってるけど」

「そうなんですか？」

「そうなの？」

「うんまぁ、確信はないいんだけどな」

俺はセレナ少佐にパルサー星系が怪しいといった旨の情報を流している。情報の確度から言えば俺の発言なんぞは何ら注目に値するものではないかもしれないが、今の帝国航宙軍、そしてセレナ少佐には結晶生命体の本拠地に関する情報そのものが全くないに等しい。

藁《わら》をも掴《つか》む気持ちでイズルークス星系周辺に存在するパルサー星系の調査に乗り出してもおかしくはない。そして、近隣のパルサー星系の数なんてのもそう多いものでもない。ザッとしか見ていないが、この辺りに候補は二つくらいしかなかったはずだ。俺にも結晶生命体の巣が確実にパルサーを擁する星系にあるという確信はないが、歌う水晶や結晶生命体の挙動がSOL《ステラオンライン》と殆《ほとん》ど変わらないことを考えれば、少なくとも大外れではないのではないかと思う。

「兄さーん」

タブレット型の端末を小脇に抱えたティーナが軽快に駆けてくる。身体《からだ》は小さいけど、走るのは結構速いんだよな。トレーニングルームで一緒に何度かトレーニングをしたが、単純な筋力はエルマ並みだった。つまり俺より上である。

あと持久力も半端じゃない。負荷をかけるタイプのトレーニングであればエルマの三倍、俺の五倍は耐えられる。一体あの小さな身体のどこにそこまでのパワーとタフネスが潜んでいるのだろうか。もしやアルコールを体内に溜《た》めて直接エネルギーに変換しているのでは？　と思ったがまさかな。ハハハ。

「積み込みはもう少しで終わるで。あと十五分ってところやね。積荷の内容はー……まぁ基本は食料と水や。他にも細々としたものはあるけど」

「了解、積み込みが終わったら待機してくれ。多分すぐに出ることになると思う」

「りょーかいや」

「安全第一でな」

「モチのロンやで。兄さんも出港に備えて身体と頭を休めといてな」

ティーナがぶんぶんと手を振って作業に戻っていく。その様子を見たミミとエルマが揃って俺の顔を見つめてきた。なんだね？

「なんだかティーナの態度が変わってない？」

「そうですね……なんだかこう、柔らかくなったというか……いえ、前から気安く会話はしてたと思いますけど、なんだか雰囲気が違うような」

「別に何もないぞ……休憩室で少し話はしたけど」

「どんな話をしたの？」

「ターメーン星系で二人に出会った時の話がメインだな。ああ、俺の出自の話にもなったから例の記憶喪失エピソードで濁しておいた。それくらいかな」

「なるほど……？」

ミミもエルマも首を傾《かし》げている。そもそも雰囲気が変わったっていうのが思い違いだと俺は思うんだが。確かになんか妙に優しかったというか、俺の記憶喪失って設定を物凄《ものすご》く真摯《しんし》に受け止めて心配してたようには思うが……二人が心配というか、そこまで気にするとなると俺もなんだか気になってくるな。

「まぁ、その辺りは出発した後にいくらでも時間があるから、その時に聞けば良いんじゃないか」

「そうですね」

「そうね」

二人は俺の言葉に納得してとりあえずティーナの態度の微妙な変化については横におくことにしたようだ。

そしてティーナの言った通り、きっかり十五分後に荷物の積み込みが終わり、程なくして俺達に出撃命令が下った。

☆★☆

「とは言っても、出撃したからと言って俺達が気を張っている必要は全くないんだよな、暫《しばら》くは」

「そうですね」

「そうだけど、弛《たる》んでるわけにはいかないわよ」

俺とミミ、そしてエルマはクリシュナのコックピットで待機してはいたが、戦闘でも起こらなければクリシュナが発進することはない。ブラックロータスの航行に関しては全《すべ》てメイに任せているので、以前までのように航行中にやることが何もないのだ。

確かにエルマの言う通り、何かあった時にすぐに動けないようでは困るので弛んでいるわけにもいかないのだが。

「士気の維持って大事だな」

「そうね。いざという時にサッと動けないと舐《な》められるから、あんまり気を緩ませないようになさい」

「はいっ」

「そうする」

集中力を維持するために外の状況を常に見られるようにするべきだろうな。俺はコンソールを操作してブラックロータスのセンサーから得られる情報をクリシュナのコックピットに表示できるようにする。

「流石《さすが》にこれだけ船が揃っていると壮観だな」

「そうですね」

コックピットのモニターにはセレナ少佐の率いる対宙賊独立艦隊だけでなく、多数の傭兵の船が映し出されていた。今回の作戦行動でセレナ少佐の艦隊に同行する傭兵は俺達だけではない。それなりの数の傭兵がセレナ少佐の艦隊に随行することになっているのだ。

「うーん……機体だけ見ると本当にピンキリだな」

「そうなんですか？」

「それでもそこらの雑魚《ざこ》宙賊よりは機体も腕もずっと上よ。まぁ、ある程度はランクで実力が計れるとはいえ、装備も腕も均質じゃないから指揮をする側としては頭が痛いでしょうね」

今回、セレナ少佐の艦隊に多数の傭兵が同行するのは対宙賊独立艦隊に不足しがちな近接戦闘能力を補うためである。

「基本的には艦隊のコルベットと傭兵で前衛を務めて駆逐艦は本隊の防御。巡洋艦と戦艦の砲撃で敵を殲滅《せんめつ》するっていう戦術になるだろうな」

「コルベットは二隻しかいないですよね、セレナ少佐の艦隊」

セレナ少佐の率いる対宙賊独立艦隊の編成はコルベットが二隻、駆逐艦が三隻、巡洋艦が五隻、戦艦が一隻という内容になっている。基本的に撃たれる前に撃って撃滅するって感じの編成だ。

これが巡洋艦や戦艦が戦闘の主役になる国同士の戦いであればこの編成で大正解なんだろうが、物量に任せて犠牲を気にせず突っ込んでくる結晶生命体に近接戦闘に持ち込まれてしまうと少々不味《まず》い。いくら強力な主砲があっても懐に入り込まれてしまってはどうしようもなくなってしまうからな。

「そこを補うために傭兵が沢山同行してるってわけだよ」

「そういうことですよね。じゃあ、結晶生命体と戦闘になったら結構危ないんじゃないですか？」

「相手が余程の大群でもない限り大丈夫だとは思うけどな」

巡洋艦五隻と戦艦一隻から放たれる砲火は多少の結晶生命体の群れなど一蹴《いっしゅう》してしまうだろう。中型三十、小型が百とか、或《ある》いは大型でも出てこない限りは大丈夫なはずだ。戦闘が発生すれば亜空間通信を使って近隣の星系にいる他の偵察艦隊に増援要請もできるはずだしな。

「やめてよね。ヒロがそういうことを言うと大群が出てくるんだから」

「おいおいそれはない……ないと思う。思いたいなぁ」

「これはダメそうですね……」

「覚悟しておいたほうが良いわね」

「やめろよ、そんなこと言うから本当に来るんだぞ」

「私達に責任転嫁するのは良くないわ」

俺達は互いに責任を擦《なす》り付け合いながらクリシュナのコックピットで待機を続けるのであった。

☆★☆

俺達第二偵察艦隊――セレナ少佐の対宙賊独立艦隊と傭兵達の寄せ集め艦隊――はイズルークス星系からハイパーレーンを経て他の偵察艦隊と共に辺境宙域へと侵入していた。

最初に辿《たど》り着《つ》いたのはイズルークス星系に隣接しているパクス星系だった。四つの偵察艦隊が手分けしてパクス星系を調査し、程なくしてパクス星系に結晶生命体が存在しないことが確認された。パクス星系から延びているハイパーレーンはイズルークス星系に繫《つな》がっているものを含めて三本だ。そこで、四つの偵察艦隊は二手に分かれてその先の調査をすることにした。

「不測の事態に対処できるように二艦隊で連携して動くべきだろう」

「私もそう思います。次の星系に移動する際にはまずどちらかの艦隊が先行し、ハイパーレーンの出入り口付近の安全を確保したほうが良いかと」

「そうだな。残ったほうは退路を確保しておくということで。先行役は交代でやっていくとしよう」

「そうしましょう」

第一偵察艦隊の指揮官と第二偵察艦隊の指揮官——セレナ少佐だ——の間でそういうやり取りがあり、第一、第二偵察艦隊は慎重に辺境宙域の偵察を進める。

そんな感じでイズルークス星系の帝国航宙軍前哨《ぜんしょう》基地を出発して凡《およ》そ三十六時間。

「セクターCが押され気味です！　救援要請が出ています！」

「メイにこっちは良いからあっちに援護射撃をしろと言っておけ。それでなんとか保《も》たせろ」

「はいっ！」

押し寄せる小型結晶生命体の群れを掠《かす》めるようにしてやり過ごし、群れから逸《そ》れて進路を塞《ふさ》ごうとする個体を散弾砲の連続射撃で粉砕する。砕け散った結晶生命体の破片がクリシュナのシールドにバチバチと当たって弾《はじ》け飛んでいった。

「やっぱりこうなったじゃない！」

「発言してからもうとっくに二十四時間以上経《た》ってるだろ。時効だ時効」

イズルークス星系を出発して三十六時間。イズルークス星系からハイパーレーンで四つ先の辺境宙域内、ガーガーオル星系において先行偵察を実施した第二偵察艦隊は結晶生命体と遭遇し、即座に戦闘に突入した。奴《やつ》らはハイパーレーンの突入口付近で待ち伏せをしていたのである。

すぐさま戦闘に突入した第二偵察艦隊は一つ前の星系であるリシムス星系に待機している第一偵察艦隊に亜空間通信で救難要請を発信。幸い、リシムス星系からガーガーオル星系への移動にかかる時間は凡そ十五分ほどと短いので、その間持ちこたえることができさえすればなんとかなるだろう。

で、俺達はこの混乱の中で何をしているのかと言うと、戦艦や巡洋艦、それにブラックロータスなどの大型艦船に結晶生命体を取り付かせないよう敵の群れに突っ込んで囮《おとり》役をしている。

基本的に結晶生命体というのは一番近い獲物に突っ込む性質があるので、散弾砲や重レーザー砲を撃ち込んで逃げ回れば相当数を引きつけることが可能なのだ。ついでに通りすがりに何匹か撃破すると、その周辺の結晶生命体もリンクしてこちらに敵意を向けてくるので、更に多くの敵を引きつけることができる。

「追いかけてくる結晶生命体の数がとんでもないことになってきましたけどっ⁉」

「大丈夫だ、問題ない」

今襲いかかってきている結晶生命体の総数はイズルークス星系で戦っていた群れに比べればずっ

と少ないものだが、こちらの戦力もイズルークス星系での戦いの時に比べればずっと少ない。このまま乱戦になってしまうと死角の大きい巡洋艦や戦艦に被害が出る恐れがある。なので、なんとしてでも乱戦になるのを阻止しなければならない。

姿勢制御をオートからマニュアルに変更し、逃げる勢いそのままに艦を反転させて追い縋《すが》ってくる結晶生命体の群れに正対する。

「オラオラオラァ！」

クリシュナに向かって愚直に突っ込んでくる結晶生命体めがけて四門の重レーザー砲と二門の大型散弾砲を乱射する。視界を埋め尽くさんばかりの群れ相手だと狙《ねら》う必要すらない。撃てば当たるからな。

「ヒ、ヒロ様！　ま、まえ！　じゃなくて後ろ⁉　結晶生命体がっ⁉」

「大丈夫大丈夫」

結晶生命体の群れを引き撃ちで削りながら姿勢制御スラスターを噴かして多方向から突進してくる結晶生命体をひらりひらりと避《よ》ける。レーダーを注視すればどっちの方向から結晶生命体が突っ込んでくるのかはわかるから、その進路から外れるように艦を制御すればいい。

え？　正面は見なくても良いのかって？　撃ちゃ当たるんだから正面なんて視界の隅で見とけば良いんだよ。

□■□

「……」

「……」

「……艦長、あれは」

「……ちょっと意味がわからないわ」

レスタリアスで艦隊の指揮を執りながら彼の船の動きを見た私とロビットソンは絶句していた。

彼の船が結晶生命体の群れに突っ込んでその多くを引きつけ始めたことにも度肝を抜かれたが、それどころか彼は自分の船を追ってくる結晶生命体の群れに反撃まで加え始めたのだ。しかも結晶生命体の群れのど真ん中で。

物凄いスピードで後ろ向きに飛びながら重巡洋艦並みの火力で結晶生命体の群れを削り、上下左右から突っ込んでくる結晶生命体の突撃を不可解な回避機動でひらりひらりと避け続けている。そして完全に取り囲まれて回避不能な状態になる前に結晶生命体の群れを突破し、また多くの結晶生命体を引きずり回し始めた。

「銀剣翼突撃勲章は伊達《だて》ではありませんな」

「本当にね……どうなってるのかしら、彼の頭の中は」

単機で結晶生命体の群れに飛び込むのも正気の沙汰《さた》ではないが、その群れの中で反転攻撃を行うのは……いや、彼の行動に驚いている場合ではない。私は気を取り直して指揮に専念することにした。

「彼の奮闘を無駄にするわけにはいきません。セクターAに火力を集中、奴らを押し返しなさい。傭兵《ようへい》達にはセクターCの援護に当たらせて」

「はっ！」

セクターBで閃光《せんこう》が炸裂《さくれつ》し、彼を追っていた結晶生命体の群れがごっそりと削れた。どうやら対艦反応弾頭魚雷を群れに向かって撃ち込んだらしい。

「そろそろ第一偵察艦隊も到着する……なんとか持ちこたえたか」

だいぶ数を減らした結晶生命体の群れに彼の船が襲いかかっていく。まだ楽観はできないが、どうやらこの場は無事に凌《しの》ぐことができそうだ。

□■□

「なかなかにスリリングだったな」

「……そうね」

「……そうですね」

返事をするエルマとミミの声に元気がない。結晶生命体相手の戦闘にはまだ慣れないらしい。小型の結晶生命体は体当たりにだけ気をつければ射撃戦能力はそんなに強力じゃないし、そんなに恐れることはない相手なんだけどな。戦術を持って追い込むような動きもしてこないし。まぁあれだけの群れに追われるとワンミスで爆散しかねないからスリリングではあるけど。

あの後、予定通りに第一偵察艦隊が増援として駆けつけてきたおかげで俺達は結晶生命体の待ち伏せ攻撃をやり過ごすことに成功した。第一偵察艦隊が到着したら獲物が減るので、その前に虎の子の対艦反応弾頭魚雷を一発だけ使って撃破数を稼ぐこともちゃんとしておいた。使った分は帝国軍が持ってくれるという話になっているし、出し惜しみしすぎても勿体《もったい》ないからな。ブラックロータスに予備弾薬も積んであるし、今回の偵察行では程よくぶっ放して撃破数を稼いでいきたいと思う。

事前に撃破数に応じたボーナスなどの取り決めはなかったが、顕著な活躍をすれば何かしらのボーナスは期待できるだろう。多分。後で少佐に催促してみるのも良いかもしれない。

そんなことを考えながらブラックロータスの後方下部にクリシュナを移動させ、オートドッキングシステムを起動する。

「メイ、着艦を頼む」

『はい。ハッチ開きます』

ブラックロータスの下部後方のハッチが開き、誘導に従って自動でハンガーへの格納が完了した。

うーん、着艦はやっぱオートに限るな。見てくださいこの安定度。余裕の無事故で……いや、たまに事故るんだよな。たまに。まぁクリシュナの大きさなら余程変な外的要因がない限り大丈夫だろうけど。

「おーい、二人とも。着艦したぞ」

二人が大きく溜息《ためいき》を吐《つ》く。緊張状態から脱することができたのかな？

「この場の敵は殲滅したから大丈夫だろうけど星系内に他の群れがいるかもしれないし、隣接星系から増援が来るかもしれないから、その時はすぐに動けるように二人ともちゃんと休んでおけよ」

「なんであんたはそんなに元気なのよ……」

「俺にとってはあの程度の戦闘なぞ温《ぬる》いのだ。ふはははは」

それなりに疲れはしたが、ほんの二十分かそこらの戦闘だったしな。

「まぁ、慣れろ。なに、小型種なんて動きの鈍いシーカーミサイルみたいなもんだ」

「そうでしょうか……？」

「そうだぞ。レーザーとか絶対避けられないけど、小型種はレーザーほど理不尽な速さじゃないし、シーカーミサイルほどに小回りは利かないからな。ビビらなければ大丈夫だ」

「う、うーん……？」

ミミは俺の言い分に納得し難いらしい。

「とにかく二人ともしっかり心と身体《からだ》を休めておくように。俺はティーナ達に整備と弾薬補給を指示してくるから」

「任せるわ……」

「わかりました……」

ぐったりとしている二人をコックピットに残したまま俺はブラックロータスのハンガーへと向かう。被弾はしてないから大丈夫だけど、こういう時に弾薬補給と整備がしっかりとできるのはやっぱり便利だな。高い買い物だったが、ブラックロータスを購入してよかった。

俺はそんなことを考えながらハンガーへと足を向けるのだった。

☆★☆

第二偵察艦隊の被害は軽微なもので済んだ。主力である対宙賊独立艦隊への直接的な損害は、前衛を受け持った二隻のコルベットがシールドを貫通されて装甲の一部に被害を負った程度である。人的被害はゼロだ。

ただ、随伴している傭兵の船が二隻撃沈し、三名の死者が出た。結晶生命体の待ち伏せ攻撃で浮足立ったまま乱戦に突入したのが良くなかったらしい。撃沈した二隻以外にも損傷を受けた船が数隻発生したため、格納庫と整備施設を持つ艦で応急修理が行われることになった。

「……」

「なんか縁があるな」

「……チッ」

「舌打ち!?」

修理のためにブラックロータスに着艦してきたのは叙勲式の会場の入り口でちょっと話したり、叙勲式の帰りにちょっと絡んできたりしたあの若い傭兵だった。結局名前は聞いてない……聞いてないよな？

「あー、名前は聞いてなかったよな？　俺はヒロだ」

「……ウェイドだ」

握手のために手を差し出したが、スルーされた。お前ぇ……こっちが大人の対応をしてるってのに。まぁここで怒っても仕方がないし、喧嘩《けんか》をしたところで得るものは何もない。

「ＯＫ……あー、飲み物は？　水とか？」

「要らねぇよ」

若い傭兵改めウェイドがギロリとこちらを睨《にら》みつけてくる。これは駄目そうですね。まぁ本人が構うなというなら構うことはないだろう。クリシュナの整備と補給はもう終わっているし、次の戦闘までは特にやることもない。

「じゃあ俺は船で休んでるから、何かあったらここで働いているドワーフの整備士姉妹経由で伝えてくれ」

「……」

彼の態度の悪さは一体何なんだろうか？　嫉妬《しっと》か？　まぁ俺は彼よりも戦果を挙げてるし、デカい母艦も持ってるし、ミミとエルマとメイがいるからな。嫉妬する気持ちもわからんでもないな！　ハハハッ！　別に俺はイラついてない、イラついてないぞ。うん。

にこやかな笑みを浮かべながらコックピットに戻ると、ある程度復活したミミとエルマがぼーっと何かの情報が表示されているらしいモニターを眺めていた。

「何見てるんだ？」

「さっきの戦闘の統合データよ。やったわね、この船がトップエースよ」

「凄《すご》いです、ヒロ様！」

「はははは、そうだろうそうだろう。もっと褒めてくれ」

二人に褒められるとさっきまでのイラつきがスッと消えていった。考えてみればあの若い傭兵の妬《ねた》み嫉《そね》みに付き合って俺が心を乱す必要は何もないな。殴りかかってくるなら殴り返すけど。

「どうしたの？」

ささくれだっている俺の感情が伝わったのか、エルマが首を傾《かし》げる。普段もっと褒めろとかあまり言わないからな。そこから察せられたか？

「船の修理に来た若い傭兵にちょっと邪険にされただけだ。気にするな」

そう言いながらパイロットシートに腰掛けて俺も先程の戦闘の統合データを参照する。撃破数は百五十三匹か。

「炸裂距離を調整してもらった魚雷が効いたな」

「そうですね、アレで敵がごっそり減りましたもんね」

「無駄に謙遜《けんそん》するつもりはないけど、そもそもヒロの提案だからね。それに、引き撃ちして群れを引きつけながら回避もするっていう離れ業あってのことだから、私の手柄というよりはヒロの手柄でしょ。私はあんな変態機動できないわよ」

「変態機動じゃないぞ。頑張って練習すれば誰《だれ》でもできるぞ」

「はいはい」

俺の主張は雑に流された。なんでや。頑張って練習すればできるって。レーダーを見て敵の動きを予測してその軌道から外れるように機体を動かすだけだからやれるやれる。最初は弾速の遅い低ランクシーカーミサイルで練習すると良いぞ。

「これからのスケジュールなんですが、暫《しばら》くの間ここに留《とど》まって休息と修理、そして迎撃を行うみたいです」

「迎撃？」

「はい。この星系もハイパーレーンが四方向に延びているハブ星系なので、ここで修理と休息をしながら結晶生命体がどこから来るのか、この星系に他に潜んでいないかを調査するそうで。ついでに過去の調査船団の痕跡《こんせき》も探すみたいですね」

「なるほど」

「あと、今回みたいな待ち伏せがあった場合に備えて戦力分散を取りやめるそうです。今後は二艦隊で固まって行動するということになるみたいですね」

「なるほど」

今回はハイパーレーンの移動時間が短かったから間に合ったが、これが数時間かかる距離だったら第二偵察艦隊はもっと大きな被害を受けていたかもしれない。それならそれで俺はもっと撃破スコアを稼げたと思うが、ブラックロータスが危険に晒《さら》される可能性も高くなっていただろう。

「戦力の分散と逐次投入はやめたほうがいいってのは基本中の基本のような気もするんだけどな」

「一つにまとめて動かすと思いもよらない大戦力に一気に殲滅《せんめつ》される恐れもあるから、どうかしらね。今回の作戦目標はあくまでも偵察なわけだし、情報を確実に持ち帰ることができるように先行部隊と後方部隊に分けて運用するのも間違いではないと思うけど」

「そんな危機的状況なら少数の船を逃すために他の船で足止めするって方法もあるしなぁ……確実に情報を持ち帰らせるってことなら、そっちの手でも良くないか？」

「でも、その場合だと情報を持ち帰るごく少数の船以外は全滅するじゃない？　二手に分けて先行部隊だけが全滅したほうが残存戦力は多くなるわよ。戦力を二手に分けても少数の船を退避させるくらいの時間は稼げるでしょうしね」

「今回みたいに二艦隊でかかれば被害を出すこともないような相手に戦力を削られるリスクが上がるけど……まぁ、判断は難しいな。ともあれ、軍のほうでそう決めたなら俺達は従うまでだ」

「そうね」

と、丁度エルマと戦術の論じ合いが終わったところで通信が入ってきた。ミミがコンソールを操作して通信回線を開く。

「はい、こちらクリシュナ。はい、はい。少々お待ちください……ヒロ様」

「ん？　どうした？　誰からだ？」

「セレナ少佐からです。モニターに出します」

「おう」

セレナ少佐から通信？　何の用だろうか。内心首を傾げるが、それを表に出すわけにもいかない。程なくしてコックピットのメインモニターにセレナ少佐の姿が映し出された。いつも通りのピシッと着込んだ白い軍服姿だ。

『まずはトップエースの獲得おめでとう。思ったより消耗はしていないようですね』

「それはどうも。消耗具合についてはそっちもまだまだ大丈夫そうだな」

『ええ、これくらいではへこたれませんとも』

「流石《さすが》は帝国航宙軍の精鋭。で、何の御用で？」

早速本題に切り込んでいくことにする。何気ない話から変な言質を取られるのも怖いからな。

『せっかちですね、貴方《あなた》らしいですけど。別に警戒されるような話ではないですよ』

「そうだと良いけどな。それで？」

『二十四時間の休息を設ける予定なので、銀剣翼突撃勲章のトップエースに食事を振る舞おうかと』

「食事ねぇ……うちのより美味《うま》いとは思えんが」

『そこは目を瞑《つぶ》ってください。お酒も出しますよ』

「俺が下戸だって知ってるよな？」

ビール一缶でベロンベロンになっちゃうくらい俺は酒に弱いんだ。酒を出すとか言われても何の魅力も感じないわ。

『まぁ、トップエースに対する優遇というか、ご褒美みたいなものだと思ってください。レスタリアスで出せる一番良いメニューですよ』

「食い物と酒よりも金のほうが良いんだが……」

『勿論《もちろん》それも出しますよ。士気を維持するために信賞必罰は必要なことですからね』

セレナ少佐がにこにことした笑みを浮かべる。なるほど。

「それでトップエースの俺がどんな良い待遇を受けて、どれだけボーナスを貰《もら》ったかを広めるわけか？　それだと俺が羨望《せんぼう》だけでなく嫉妬も独り占めすることになりそうなんだが？」

『言わせておけば良いではないですか。貴方はそれに見合うだけの揺るぎない戦果を挙げているのですから。実のところ、これで貴方にちゃんとボーナスなり褒美なりを与えないと我々帝国航宙軍の度量と言いますか、器が疑われるのですよ。銀河に名を馳《は》せる帝国航宙軍は大戦果を挙げたトップエースに報いることもしない、と噂《うわさ》になると困るわけです』

「つまり、拒否権はないと」

『そこまでは言いませんが、できれば受けていただきたいですね』

笑顔を崩さないセレナ少佐の顔を見て溜息を吐き、チラリと隣のサブパイロットシートに座るエルマに視線を向ける。

「仕方ないと思うわ」

次いでミミにも視線を向ける。

「帝国航宙軍の一番良いメニュー、食べてみたいです」

「さようか……」

ミミはブレないな。でも確かに帝国航宙軍の一番良いメニューってやつには俺も少し興味がある。

「わかった、その申し出を受ける。いつそっちに向かえばいい？」

『それは良かった。では一時間半後にレスタリアスの格納庫に来てください。こちらに来られるのは貴方達だけですか？』

「メイにはブラックロータスに残ってもらう必要があるし、出向してきてる整備士は傭兵《ようへい》の船のメンテナンスに大忙しだからな。行くのは俺達三人だけだ」

『わかりました、では一時間半後に。ああ、ちゃんと勲章はつけてきてくださいね』

そう言ってセレナ少佐が通信を切った。静かになったコックピットに俺の溜息《ためいき》が響く。

「順調に取り込まれてないか？」

「取り込まれてるってほどではないと思うけど……まぁ、傭兵をやっていくならどうしても軍とは関わることになるから。いざという時のコネ作りだと思えば良いわよ」

「そんなもんか……まぁ、出てくる料理に期待しよう」

「はいっ！」

「そうね。お酒もね」

ミミとエルマは楽しむ気満々だな。俺はお偉いさんに呼ばれて会食とか面倒くささしか感じないんだけど……と、俺はもう一度溜息を吐《つ》くのだった。

☆★☆

「行ってらっしゃいませ。こちらの管理はお任せください」

「うぅ……酒ぇ……うちも行きたいぃ……」

「お姉ちゃん……あの、ちゃんとお仕事はさせておきますから」

三者三様の見送りの言葉をかけられながら俺達は第二偵察艦隊の旗艦、レスタリアスへと向かった。

メイとティーナ、ウィスカの三人しか残っていない船に荒くれ者の傭兵を招き入れることに若干の不安を感じ……いやあの三人なら大丈夫か。そもそもメイと生身でやり合える人間などそう存在しないだろうし、ティーナとウィスカはああ見えて俺より腕力あるしな。何の問題もねぇわ。むしろ生身での強さを考えるとミミの次に俺が貧弱だったわ。

そんな益体もないことを考えながらクリシュナを宇宙空間に走らせる。周辺の様子はなかなかに壮観だ。帝国航宙軍の船はもちろんのこと、傭兵の船も多数この宙域に停泊しているのだが、やはり傭兵の船というのは一つとして同じものがないのが面白い。

いや、厳密に言えばベースが同じ船であるものはあるのだが、カスタマイズやペイントによって一つ一つの船に個性が出ているのだ。中には元の機体が何なのかわからないくらいカスタマイズされているものもあるし、棘《とげ》のような意味不明の突起をつけていたり、空でも飛ぶつもりなのかと言いたくなる翼めいたスタビライザーをつけていたりする機体などもある。

中にはベース機からあまり改造されていない機体もある。まぁ、この辺りは個人の趣味だからな……ちなみに俺は必要があれば艦の外観を大きく変えることも厭《いと》わない派だ。クリシュナに乗り換える前の愛機は結果的にベース機体の面影がなくなるくらい改造してたな。無駄なスタビライザーとかはつけてなかったけど。

俺の友人にはやたらとスパイク系スタビライザーをつけて世紀末なヒャッハー仕様にしたがる奴《やつ》とか、やたらとファンシーな外観にしたがる奴とかもいたな。いくら世紀末ヒャッハー仕様と言っても姿勢制御スラスターも含めて火炎放射器かよってレベルの火を噴くようにしてたのはどうかと思う。でもその噴き出す火のせいでどれくらいスラスターを噴かしたのか絶妙にわかりにくくなってて実用性がゼロではなかったのだが……いや、今は考えるのをやめておこう。

「あの船かっこいいですね……」

「えぇ……」

「えぇ……」

ミミが目をキラキラさせながら見ている船を確認して俺とエルマが同時にドン引きする。いやだって、無駄なスパイクとかビス風の装飾がてんこ盛りで、艦首にドクロの装飾とか……ミミってそういうの好きだよな。ミミにクリシュナの外観カスタマイズを任せたらあんな感じになるんだろうか。

「私はもっとこう、シュッとしたシャープで瀟洒《しょうしゃ》なデザインのが良いわ」

「内装には拘《こだわ》らないのにか」

「次からは内装にも拘るわよ……」

エルマが所有していた船は確かに外観は綺麗《きれい》だったよなぁ。内装は本人の謎の拘りで敢《あ》えて粗雑な感じで仕上げてたらしいけど。形から入るタイプなんだろうな、エルマは。

ああだこうだと宇宙空間に停泊している傭兵の船について話し合いながら船を走らせること数分でレスタリアスへと到着する。

実はレスタリアスへと向かう途中であらゆる方向からスキャンを受けていた。全船停泊している中、特に損傷しているわけでもない船が旗艦に向かって走っていたら何事かと思うのは当たり前だろう。クリシュナは珍しい船でもあるしな。別にスキャンされて困るようなことはないから放置したけど。

ミミがレスタリアスに着艦許可申請を送り、すぐに許可が下りる。指定された時間より少し早いが、通達は既に回っていたのだろう。すぐにレスタリアスの着艦ハッチへと船を走らせ、オートドッキングプログラムを起動させてスムーズに着艦を行う。またなんか隣で「こんなの邪道よ」という呟《つぶや》きが聞こえたが、無視しておく。相変わらずエルマはマニュアルドッキング至上主義者であるらしい。

「はい到着。さっさと行くか」

「はいっ！」

「……そうね」

ミミは帝国航宙軍の『一番良いメニュー』が楽しみなのか満面の笑みを浮かべていたが、エルマはオートドッキングのせいなのか何なのか微妙にテンションが低かった。そろそろ便利さを認めろよ、お前は。

ジャケットにつけてある銀剣翼突撃勲章を確認し、シートに長短一対の剣ごと固定してあった剣帯を腰に帯びて先頭を歩き始める。銀剣翼突撃勲章を受勲してからというもの、メイにレーザーガンだけでなく剣を帯びるようにと言われているのだ。やたらと目立つから俺としてはちょっと嫌なのだが、銀剣翼突撃勲章を受勲した者は帝国の法的にも慣習的にも騎士爵と同等の扱いを受けるということで、余計なトラブルを避けるためにこうしていたほうが良いらしい。

メイの言うことだしエルマも特に何も言わなかったから従っているけど、白刃主義者とかいう怖い貴族連中に因縁つけられて決闘とか申し込まれたりはしないかと内心気が気ではなかったりする。当然俺には剣の心得なんてものはないので、剣術を嗜《たしな》んでいる本物の貴族なんかに剣での決闘なんか申し込まれたらずんばらりんとされることは確定的に明らかだろう。早いうちにメイから剣のレッスンを受けるべきだろうな……というかこの勲章と剣を置いて出歩けば良いのでは？　と思うのだが。

腰の剣の重さを鬱陶《うっとう》しく感じながらクリシュナから降りると、そこには案内役の兵士が待ち構えていた。

「ようこそ、レスタリアスへ。ご案内致します」

「どうも、よろしくお願いします」

互いに敬礼を交わし、彼の案内に従ってレスタリアスの艦内を歩き始める。

まぁ、ある意味では勝手知ったる他人の家みたいなもんだ。アレイン星系でセレナ少佐の艦隊に宙賊との戦い方を伝授した時によく歩き回っていたからな。

「……皆さん忙しそうですね」

「戦闘の後だからな。後処理とか色々あるんだろうな」

「良いんでしょうか？　そんな中で食事会なんて」

「この食事会も戦闘の後処理の一環に含まれているのよ。トップエースにちゃんと報いましたよ、ってポーズが必要なわけ」

「なるほど……」

と、そんな話をしながら暫《しばら》く歩いて向かった先は上級士官用の食堂であった。この戦艦レスタリアス内でも艦長のセレナ少佐をはじめとした艦の上位者数人専用の食堂であるらしい。

「もっとも、普段は艦長達もあまり使われていないのですが」

セレナ少佐も他の利用資格を持っている人々もやたらと豪華であるという上級士官用の食堂を使うことは稀《まれ》であるらしい。食事の時にちょっとしたミーティングなどを兼ねることも多いレスタリアスでは豪華だがあまり人数が入らない上級士官食堂は使い勝手が悪いと。なるほどなぁ。

「だったら最初からつけなきゃいいのに」

「そうもいかないのよ。そういうのが好きな帝国貴族もいるから」

「あー、正に貴族貴族してる感じの奴もいるのね」

「そういうこと。そういう人の要求に応《こた》えるためにこういう旗艦になるような大型艦には豪華な上級士官食堂が標準搭載されてるわけ。セレナ少佐は上級士官食堂をあまり利用しないかもしれないけど、次の艦長もそうだとは限らないからね」

「なるほどー」

どこから仕入れてきているのかわからないエルマの謎知識にミミと二人で感心しながら上級士官

食堂に入り、案内されて席に着く。少し早く来すぎたのか、まだセレナ少佐の姿はなかった。

「なんだか調度品もテーブルも見るからに高そうですね」

「高級レストランみたいだな。ところで俺はこういう席での食事のマナーとか全く自信がないんだが。カトラリーの使い方なんてよく知らんぞ」

なんか外側から使うんだっけ？　くらいの知識しか持ち合わせていない。正直、普通に日本で生活しててカトラリーの使い方に熟達するようなことは一般市民には有り得ないからな。俺にとって外食ってのは牛丼とかうどんとかラーメンとかファミレスとかステーキハウスとか、精々回転寿司とかくらいだったし。優雅にフレンチとかイタリアンとかを食うようなことはなかった。

「別に帝国貴族の正式な会食ってわけじゃあるまいし、そこまでマナーをうるさくは言わないわよ。手掴《てづか》みで食べるとか、皿を舐《な》めるとか常識外の行動を取らなければ問題ないわ」

「流石《さすが》にそれはやらんけども」

「ですよね」

ミミも苦笑している。野生児じゃあるまいし。

「傭兵にも色々いるからね。その点ヒロはかなりお上品な部類よ。酒やドラッグをやるわけでもなし、博打《ばくち》に金を注《つ》ぎ込むわけでもなし、娼館に通い詰めるわけでもなし。一般的な傭兵から見るとお上品すぎるか、ストイックを気取ってると思われるかのどっちかかね」

「別にお上品なつもりもストイックなつもりもないけどなぁ」

そもそもミミとエルマとメイを取っ替え引っ替えしてる時点でお上品もストイックも何もないと思う。酒は下戸で飲めないだけだし、ドラッグもギャンブルも興味がないだけだしな。

「ヒロ様は今のままが一番良いと思います。素敵です」

「ま、そうね。ヒロが酒とドラッグに溺《おぼ》れて身を持ち崩す姿は見たくないわね」

「心配する必要はないから安心してくれ」

「そう願いたいですね。銀剣翼突撃勲章の英雄にそんな姿を晒《さら》されては我々の権威が失墜しますから」

そう言いながらセレナ少佐が食堂に入ってくる。絶妙なタイミングだったけど、外で聞き耳でも立てていたのだろうか？　いや、この部屋の会話をモニターしてたのかな。

「どうも、少佐殿。この度はお招きいただき恐悦至極にございます」

席を立ち、胸に手を当てて仰々しくお辞儀をしてみせるとセレナ少佐は苦笑いを浮かべた。俺が席を立つのに合わせてミミとエルマも席を立っている。

「貴方にそのような態度を取られると背中が痒《かゆ》くなりそうです。そんなに大げさな席にするつもりはないので、気楽にしてください」

「そりゃどうも」

と、セレナ少佐に続いて三人の人物が上級士官食堂に入ってくる。入ってきたうちの一人はセレナ少佐の副官であるロビットソン大尉で、あとの二人は初顔であった。

一人はガタイの良い中年の男で、もう一人はセレナ少佐と同じくらいの歳《とし》の女性だ。ガタイの良い中年の男の腰には一振りの剣が差されており、彼が帝国貴族であるということが察せられる。

「私はウィルバート・ブロードウェル大佐だ。第一偵察艦隊を率いている」

「セシル・プラント大尉です。ブロードウェル閣下の副官を務めております」

「クリシュナとブラックロータスのオーナー兼キャプテンのヒロです。こちらはサブパイロットのエルマとオペレーターのミミです。どうぞよろしく」

第一偵察艦隊のトップとその副官か。何故《なぜ》この場に、と思わないでもないが先程の戦闘には第一偵察艦隊も駆けつけたし、そんなに不自然でもないのか。

「立ち話もなんですからまずは乾杯をしましょう」

セレナ少佐に促されて全員席に着く。さて、どんな会食になるのやら。

☆★☆

「では、勝利に乾杯」

『乾杯』

階級が一番上のブロードウェル大佐が音頭を取り、ディナーが開始される。

帝国航宙軍で一番良いメニューと聞いてどんなものが出るのかと期待していたのだが、メニューそのものは別に目新しいものではなかった。ナポリタンめいたパスタとステーキプレート、それにマグカップに入ったコンソメスープのようなものである。

内心「これが一番良いメニューか？」と首を傾《かし》げながらまずはステーキをナイフとフォークで切り分け、口に運んだ。

肉質は少々固めだが、噛《か》めば噛むほどに肉汁が口の中に溢《あふ》れ出てくるステーキだ。付け合わせのフライドガーリックは香ばしいし、一緒にプレートで焼かれていたスライスオニオンも程よい火の通り具合で――うん？

「本物の肉と野菜を使っているのか……」

セレナ少佐が一番良いメニューと言っていた意味を理解して唸《うな》る。同じようなメニューをフードカートリッジを使う自動調理器で再現することは可能だが、やはり本物は違う。

横で同じくステーキを口に運んでいるミミを見てみると、目をキラキラさせながら美味《おい》しそうに食べていた。

「ふむ、銀剣翼突撃勲章の英雄殿は美食家の側面も持っているのか。意外だな」

「別に美食家と言うほどのものではないですよ。本物の肉をそれなりに口にする機会があるのと、あと食べるのが好きなクルーがいますので」

「ヒ、ヒロ様……」

そう言って俺は隣に座るミミに目を向ける。視線が集まった当の本人は恥ずかしそうにしているが、俺は美味しそうにものを食べるミミが好きだよ。見てて元気になるからな。

「ふむ……」

俺の返答とミミの反応を見ながらブロードウェル大佐が興味深げな様子を見せる。一体なんだろうか？　言いたいことがあるならはっきりと言ってほしいものだ。

「行動再開の目処《めど》は立っているんですか？」

「勿論《もちろん》だ。損傷した艦船の応急修理に十二時間、休息十二時間を取って二十四時間後には作戦行動を再開する予定だ。今は無事な艦艇に星系内の調査をさせている」

「なるほど。奴らの手がかりが何かあれば良いんですがね」

ブロードウェル大佐にそう言いながらSOLにおける結晶生命体関連のクエストラインを思い出す。襲撃イベント、撃退イベント、調査イベントを経て本拠地攻撃イベントという流れになっていたはずだ。今の段階は調査イベントに属する部分だろう。調査に関しては傭兵《ようへい》の俺はほぼノータッチだったからうろ覚えなんだよなぁ。そういうのは未発見星系や惑星上の調査を行う探検家プレイをしているプレイヤーが頑張ってたし。

「なんというか君は……あまり傭兵らしくないな。まるで同じ軍人や貴族とでも話しているかのように思えてくる」

「私もブロードウェル閣下の言うことがよくわかります。傭兵という立場の割には妙に上品というか、擦れた感じがしないというか」

セレナ少佐の副官であるロビットソン大尉がナイフでステーキを切り分けながら頷《うなず》く。俺のこの対応で上品に見えるって、一般的な傭兵はどれだけ粗野な振る舞いをしているんだよ。

「自分ではよくわかりませんが……」

「ご婦人方は私達よりもそう思っているのではないですか？」

「そうね。船員が快適に過ごせるように船の内装を高級客船のキャビン並みにしていたりするし、私達の扱いに関しても実に紳士的だと思うわ」

ブロードウェル大佐の副官であるプラント大尉の言葉にエルマが頷き、ミミも無言でコクコクと頷いている。

ええ……？　紳士的っつっても二人にはしっかりと手を出してるし、紳士的な部分というのが俺から見ると欠片《かけら》も見当たらないのだが？

というか、二人ともそんな風に思ってたのか？　本当に？

「なんだかこの場の全員に嵌《は》められている気分だ……俺のことなんて横においておかないか？」

「本人がそう言うなら仕方がないな。では、個人的に聞きたいことを聞いても良いかね？」

「答えられることなら答えますが」

なんだなんだ？　尋問タイムか？　向こう側のセレナ少佐はともかくとして、ミミとエルマは俺を助けてくれまいか？

「君の乗っている船――クリシュナと言ったか。あの船はどこで手に入れたのかね？　私はこれでも船に関してはそこそこ詳しいほうなのだが、あのような船は見たことも聞いたこともない。傭兵の乗る船は改造に改造を重ねて原形を失っているようなものも多いが、あの船は設計思想からして別次元のもののように見える」

一球目から剛速球が飛んできたな。

「すみませんが、それに関しては言えません。あの船を譲り受ける際に出処《でどころ》を誰《だれ》にも話さないという約束をしたもので。譲ってくれた相手も今はどこにいるかわかりませんしね」

「ふむ……では、後で見せてもらうことはできるかね？」

「ええ……見るだけなら」

「そうか、では食事が終わったら是非見学させてもらうとしよう」

ブロードウェル大佐が満足そうに頷く。この笑顔が額面通りのものなら良いんだが、まさかクリシュナを自分のものにしようとしているわけじゃないだろうな？　懸念を表明するためにセレナ少佐に視線を送る。

「心配いりません。帝国航宙軍の軍人が傭兵から船を奪うことなどありえませんから」

「む？　私はそのようなことを考えたわけではないぞ？」

「ブロードウェル大佐が大の小型戦闘艦好きで、傭兵マニアだということは私達の間では有名ですが傭兵の間でも知れ渡っているというわけではありません。ましてや、ブロードウェル大佐はブロードウェル伯爵家のご嫡男――貴族なのですから、事情を知らぬヒロ殿が警戒するのは当然かと」

ムッとした表情をするブロードウェル大佐にセレナ少佐が苦笑交じりに自分の発言の意図を説明する。その説明を聞いたブロードウェル大佐はバツが悪そうに頭を掻《か》いた。

「それは確かに私の配慮が足りなかったな。ヒロ殿、私の申し出は本当に単純な知的好奇心からのものなので、警戒は不要だ。あと、見学の際にできればクルーのご婦人二人も交えて一緒にホロ写真を撮ってくれないか？　将来有望な傭兵とその船をバックにホロ写真を撮ってコレクションをしているのだよ」

「え、ええ。まぁ、それくらいなら……いいよな？」

ブロードウェル大佐の必死さに釣られてつい了承してしまった。ミミとエルマも面食らいながらも頷いたので、この食事会の後はクリシュナの見学と撮影会ということに決まった。

どうしてこうなった？

☆★☆

会食はあの後も和やかに進み、特別褒賞金として１００万エネルを賜ることになった。その後の

見学&撮影会については特に何事もなく終わったと言って良いだろう。良いよな？

「フレームが大胆に変形して大型散弾砲が出てくるのか……！」

「このウェポンシステムは画期的だが、今までに見たことがないな」

「姿勢制御スラスターの数が多いな。強力なジェネレーターを積むことによって問題なく運用して運動性を高めているのだろうが、この辺りはかなり力業だな……実験機か？」

などとブツブツ呟《つぶや》きながらホロカメラを抱えた大の男がクリシュナの周りを走り回ってカシャカシャと写真を撮っているというのは正直ちょっと異様な感じがした。わざわざ格納庫を低重力状態にして上面からも写真を撮ってたし……ブロードウェル大佐はかなり気合の入った小型戦闘艦マニアだったようだ。

最後にはクリシュナをバックに俺とミミとエルマが並んだホロ写真を撮り、更にそこに自分が加わったホロ写真まで撮っていた。

「いやぁ、いい画《え》が撮れた。感謝する」

厳《いか》つい大男が全《すべ》てをやりきったと言わんばかりの良い笑みを浮かべているのが印象的だったな。

「……変な人でしたね」

「シッ、口に出して言ってはいけません」

「あんたのその反応も失礼だと思うわよ……」

軍人にも変な人がいるのだな、ということを思い知らされる会食であった。

#7：撤退

会食を終えた俺達は小休止と補給を経て星系内の巡回に出ることになった。無事な小型戦闘艦を斥候代わりに使うというわけだ。まぁ、レーダーをミミとエルマに監視してもらいながら適当に船を走らせるだけなので、俺としては楽な仕事である。その監視作業も結晶生命体の兆候や、その他特異な反応を察知したらアラームを鳴らすようにしておけばそんなにガッツリと見ている必要もない。

「長閑《のどか》ですねー」

「結晶生命体が現れたら一気に地獄の戦場と化すけどね」

「うっ……そう言われると長閑でもなんでもないですね」

ミミとエルマが暢気《のんき》な会話をしているのを聞きながら船を走らせる。まぁ、俺達よりも先に巡回と調査を行っている傭兵や帝国航宙軍所属の小型艦——スカウトと呼ばれる情報収集艦——もいるので、俺達は単なる賑《にぎ》やかしだ。

「まぁ、休憩みたいなもんだよな。他にも沢山の船が偵察に出てるのに、俺達の船が結晶生命体を見つけるわけもないし」

「ヒロ……どうして貴方《あなた》はそういうことを言うの？」

「ヒロ様……自分でフラグを立てていくのはどうかと思います」

「ちょっと？　俺がこういうこと言ったら本当に見つけちゃうみたいな流れに強引に持っていくのやめない？」

こういう流れで見つけちゃうとかそんな感じの出来事はそりゃ何回か……何回かあったけど！流石《さすが》にそうそう何度も同じような展開なんて起こるわけがないじゃないか。そもそも、情報収集艦が見逃した痕跡《こんせき》をさして情報収集能力が高いわけでもないクリシュナが見つけるわけないだろ。

「ヒロがそんなことを言い始めたから今にもアラームが鳴るんじゃないかと戦々恐々としているんだけど」

「ははは、まさかそんな」

「でも、これまでの経験からすると――」

と、ミミが何かを言いかけたところでコックピット内に電子音が鳴り響いた。俺達の間に緊張が走る。

「えっと……いや、違うから。そんな目で見るな！」

「良いから早く出なさいよ」

ジト目を向けてくるエルマの視線から逃れるように俺は正面を向き、コンソールを操作する。すると、コックピットのメインモニターの隅にメイの顔が映し出された。

『ご主人様、帝国航宙軍のスカウトが何者かがこの星系へとワープアウトしてくる兆候を確認致しました。至急集結地点へと移動するようにと星系内の全艦に通達が出されております。座標を送信致しますので、ご確認ください』

「ブラックロータスも向かうんだな？」

『はい、我々も帝国航宙軍艦隊と共に移動を開始します。あちらで合流致しましょう』

「了解。じゃあ、あっちでな」

メイが画面の向こうでお辞儀をしてから通信を切る。

「……この船が見つけたわけじゃないからセーフ」

「いやアウトでしょ」

「アウトだと思います。タイミング的に」

俺の船のクルーは少し俺に厳しすぎると思う。

☆★☆

集結地点は星系の中心にある恒星を挟んだ反対側だったので、俺達が到着する頃《ころ》には星系内に存在する殆《ほとん》ど全ての艦艇が集結を完了していた。

「ワープアウトしてきた瞬間袋《ふくろだた》叩きにする気満々だな」

「来ることがわかってるならこうするわよね」

戦艦や巡洋艦、それにブラックロータスのような長距離砲撃を行える艦船がワープアウト予測座標を半包囲している。俺の言った通り、結晶生命体がワープアウトしてきた瞬間に全力砲撃を行うつもりなのだろう。

「俺達のポジションは？」

「先頭に配置されている防空駆逐艦の陰です。砲撃が終わり次第、飛び出して防空戦闘を行うようにとのことです」

「了解」

「また結晶生命体の群れに飛び込むのね……」

「必要があればな」

飛び込む隙間《すきま》があればそうするが、飛び込んでも抵抗の余地なく押《お》し潰《つぶ》されるような状況でそんなことをするつもりはない。結晶生命体が万遍なく空間に存在する状態で突っ込むと、全方位から押し寄せてきて潰されるからな。適当に突っ込んでいるように見えるかもしれないが、単騎駆けをするにはあれで意外と見極めというものが必要なのだ。素人にはおすすめできない。

「ワープアウト予想時刻は？」

「二分三十秒を切りました」

「もうすぐか。ウェポンシステム起動、各部チェック開始」

「アイアイサー、各部チェック開始」

俺がウェポンシステムを立ち上げ、エルマがサブシステムのチェックを開始する。整備も補給も完璧《かんぺき》に終わっているから問題ないはずだが、万が一ということがあるからな。

そうやってチェックを済ませている間にワープアウトの刻限が来る。

『全艦砲撃用意、砲撃座標――っ!?　砲撃中止！　中止だ！』

指揮を執っていたブロードウェル大佐の慌てた声が通信越しに聞こえてくる。一体何事かと思っているうちにそれはワープアウトしてきた。ワープアウトしてきたのは装甲の一部が破損し、結晶に侵食されてしまっているボロボロの中型戦闘艦だった。恐らく傭兵《ようへい》のものだろう。

その後にも続々とボロボロで結晶塗《まみ》れの船がワープアウトしてくる。殆どが傭兵の船だが、やがて帝国航宙軍の艦船もワープアウトしてきた。こちらは傭兵の船と思《おぼ》しきものよりも更に酷《ひど》い状態だ。

『スカウト各機は通達に従って情報収集を引き続き行うように。その他の艦船は一度恒星まで退き、体勢を立て直す。全艦転進！』

ブロードウェル大佐の号令に従い恒星に向かって回頭し、転進を始める。

「手前で別れた第三、第四偵察艦隊ですよね、あれ」

「だな。結晶生命体に負けて逃げてきたんだろうな、アレは」

「なりふり構わず逃げてきたって感じね」

別れた時と比べて明らかに頭数が減っていたからな。

この辺りの星系は未探査領域だが、星系間のハイパーレーンの繋《つな》がりだけは亜空間レーダー等の観測技術を使ってある程度は把握されている。あの第三、第四偵察艦隊の生き残り達はそのデータを元に俺達が探索中であろう星系にあたりをつけて退避してきたのだろう。

「この後はどうなるんでしょうか？」

「そうだなー……第一、第二偵察艦隊と第三、第四偵察艦隊の戦力は計算上はほぼ同じのはずだから、第三、第四偵察艦隊があれだけの被害を出したとなると、船の応急処置をして一回イズルークス星系に戻って再編成ってことになるんじゃないか？　その後に第三、第四偵察艦隊が被害を受けた星系に突入して結晶生命体を叩《たた》く、という流れか或《ある》いは――」

「このまま撤退して放置かのどちらかかね。下手《へた》に戦力を出して消耗するくらいなら、迎撃兵器群のあるイズルークス星系で待ち構えて迎撃をしたほうが被害は抑えられるわけだし」

　俺の言葉を引き継いでそう言いながらエルマが肩を竦《すく》めてみせる。

「ぇぇ……そんなのアリなんですか？」

　エルマの言葉を聞いてミミが眉間《みけん》に皺《しわ》を寄せた。彼女はなんだかんだで生粋のグラッカン帝国臣民である。困った時に行政に助けてもらえず見捨てられた経験からグラッカン帝国の政治に対しては若干の不信感を抱いているのだが、帝国の臣民を守る帝国航宙軍に対してはそれなりに敬意を抱いている節がある。それもまぁ、セレナ少佐と何度か接して若干揺らいでいるようだったが。

「ここまで被害を出しちゃうとねぇ……第一、第二偵察艦隊が戦闘で出した被害は軽微だけど、第三、第四偵察艦隊はほぼ全滅だもの。目算だけど、三割程度が落伍《らくご》して残りの七割も概《おおむ》ね中破って感じよね」

「そんな感じに見えるな。実質的な全滅判定を受けても仕方がない状態だと思う」

　あの状態ではほとんど組織的な反撃はできないだろう。正に這々《ほうほう》の体《てい》で逃げてきたって感じだ。

「えーと、じゃあお仕事は終わりですか？」

「一回イズルークス星系に戻ることになるだろうしなぁ……このまま探索続行ってことにはならないだろう。結晶生命体に関する情報はあのボロボロの連中が持ち帰ってきてるだろうし」

　その後の対応は帝国航宙軍次第だろう。契約期間はまだ残っているが、打って出るということでなければ俺達のような傭兵を雇っていても経費がかかるばかりだ。そうなると契約は打ち切り、俺達は晴れて自由の身となる。

「問題は戻って再編成した後に打って出ることになった場合よね」

「ははは……そうなったら俺達は確実に攻撃部隊に組み入れられるだろうな」

クリシュナは結晶生命体相手に大立ち回りをして確かな戦果を挙げているし、ブラックロータスは砲艦としても補給艦としてもしっかりと活躍しているはずだ。専門の優秀なエンジニアと充実した修理設備まで備えているしな。打って出るとしたら手放す理由がない。契約期間もたっぷり残ってるし。

「……解散になるといいですね」

「そうね」

「そうだな」

本当にそうなるといいなぁ、ははは。

☆★☆

撤退してきた第三、第四偵察艦隊を追って結晶生命体が現れるかと警戒していたが、結局そのような事態には陥らなかった。もしそうなったら傷ついた第三、第四偵察艦隊を逃がすために第一、第二偵察艦隊が遅滞戦闘を行う必要があっただろうから、場合によっては厳しい戦闘を強いられることになっていたかもしれない。

ともあれ、傷ついた第三、第四偵察艦隊の艦艇に応急修理を施さなければ撤退もままならないので、クリシュナは暫《しばら》くの間ブラックロータスのハンガーを他の船に譲ることになった。

ブラックロータスのハンガーに駐機できるのは小型艦二隻までなので、クリシュナがブラックロータス内で待機すると整備ができるハンガーを一つ塞《ふさ》ぐことになるからだ。

「落ち着きなさいよ」

「何がだ？」

「心配そうな顔をしていますよ、ヒロ様」

「……ぬぅ」

結晶生命体に殺されかけて気が立っている傭兵達にティーナとウィスカが何かされないか少しだけ心配なだけだ。何かあっても大丈夫なようにメイにはくれぐれも注意するように言っておいたから大丈夫だとは思うが……万が一ということもある。

もしあの二人とメイに――メイは絶対に大丈夫だと思うが――何かあったら、ブラックロータスから出てきた瞬間に俺がこの手でスペースデブリにしてやる。絶対にだ。

「そんなに心配しなくても大丈夫よ……ヒロが思っている以上にここにいる傭兵達はヒロのことを恐れているから」

「なんで？」

恐れられる理由がまったく思いつかないんだが。

「今、この作戦に参加している傭兵達からのヒロへの評価は『結晶生命体の群れに単身突っ込んで無事に戻ってくるクレイジー野郎』よ。叙勲式でも銀剣翼突撃勲章を貰ったのに特段嬉《うれ》しそうな様子を見せなかったらしいわね？」

「まぁ……別にはしゃいだりはしなかったな」

式典が死ぬほど面倒くさいと思っていたくらいか。ああ、戦場の俯瞰《ふかん》図を見るのは面白かったな。

「そういうのもあってか、金や名誉よりも危険とスリルを楽しむヤバい奴《やつ》だって噂《うわさ》になってるわよ」

「何それ草生える」

大草原不可避というやつだ。危険とスリルより金や名誉のほうが好きに決まってるだろう、常識的に考えて。悪いけど俺は別にバトルジャンキーとかじゃねぇから。

「というかそういう情報ってどこで仕入れるんだ？」

「それは秘密」

エルマはニッコリと笑って情報の出処《でどころ》を明かすことを拒否した。何か傭兵同士が情報を交換する裏サイト的な何かがあるのだろうか？

「二人ともああ見えて結構力持ちですし、メンテナンスボットもいるから大丈夫ですよ。メイさんもついてますから」

「そうだと良いけどな」

こんな感じで破損船の応急処置が終わるまで俺はクリシュナの中で悶々《もんもん》とした時間を過ごすのであった。


なお、整備士姉妹やメイがトラブルに巻き込まれるということは一切なかった。むしろ、小さな身体《からだ》でテキパキと手際よく船の修理と整備をこなす整備士姉妹を傭兵達はどこか微笑《ほほえ》ましげな様子で眺めていたとメイが後で報告してくれた。

普段荒《すさ》んだ生活を送っている反動か何かだろうか？　とりあえず俺はその絵面を思い浮かべて犯罪的だなと思うばかりであった。

☆★☆

「なんや、うちらのこと心配してくれたん？　なんだかんだ言って兄さんも優しいなぁ」

「お兄さん……」

応急修理が終わり、一旦《いったん》イズルークス星系に撤退するということになった時点で俺達はブラックロータスへと戻り、今は整備士姉妹と一緒に休憩をとっていた。

「別にそういうわけじゃ……ないこともないけど」

ニヤけてくねくねしているティーナを見ているとつい否定したくなるが、ティーナだけでなくウィスカも揃《そろ》って二人で嬉しそうにされてしまうとそれもできなくなってしまう。

「私の心配までしてくださるとは思いませんでした」

休憩室で俺達の給仕をしてくれているメイの表情もこころなしか穏やかに見える。いつもと同じ無表情なのだが、なんとなく雰囲気が柔らかいのだ。

ちなみに、彼女がこうして休憩室で給仕している間もブラックロータスは他の船と一緒にイズルークス星系に向かって正常に運行中である。どのようにしているのかはわからないが、遠隔操作のような形で艦を制御しているらしい。セキュリティ的に大丈夫なのか？　と思わないでもないが、メイが雑な仕事をするとも思えない。多分大丈夫だろう。

「結果的に何事もなくて良かった。うん」

「話をまとめようとしとるな」

「恥ずかしがらなくても良いのに」

「アーアーキコエナーイ。それよりも今後のことだよ」

ティーナとエルマがニヤニヤしているのを無視して話題を逸《そ》らす。これ以上からかわれたらたまらん。

「今後のことと言っても、イズルークス星系に戻って軍の判断を待つしかないのでは？」

「ですよね」

ウィスカが首を傾《かし》げ、ミミが頷《うなず》く。くっ、確かにそうだな。話題を逸らす先を間違えたか。いや、大丈夫だ。ここから更に話題を逸らすのだ。

「そっちじゃなくて、ティーナとウィスカの護衛のことだ。いくらドワーフで見た目より力が強いって言っても、限界があるだろう。今後、宙賊に接舷《せつげん》攻撃をかけられる可能性だってゼロとは言い切れない。護衛兼防衛用に戦闘ボットをある程度揃えたほうが良いんじゃないかと思ってな」

「そこまでいるか？」

「でも、万が一ということもあるよね」

自分達の身の安全ということで、ティーナとウィスカが真面目《まじめ》に相談し始める。

「どういったタイプの戦闘ボットを用意するのですか？」

「現場に急行できる高機動タイプから制圧力の高い重装タイプまでバランス良くだな。殺さずに制圧する機能も欲しい」

「となると、攻撃型ではなく警備型ですね。御主人様のことですから、高性能機をお望みになられると思います」

「そうだな」

ティーナやウィスカ、それにメイの身の安全のために金をケチるつもりはない。本当はブラド星系で買い揃えても良かったのだが、あまり品揃えが良くなかったんだよな。他の装備は結構品揃えが良かったのに、アンドロイドや戦闘ボット系のショップは今ひとつだったんだ。ドワーフと相性が悪いのかね？　でもティーナとメイはメンテナンスボットを使うしなぁ。よくわからん。

「では結晶生命体関連の案件が片付いたら、そういった買い物に便利な星系に向かうのが良いでしょう。後でミミ様と行き先を検討しておきます」

「はい！　任せてください！」

ミミが両拳《りょうこぶし》を握りしめてフンスと気合を入れる。次の目的地に関しては二人に任せて良さそうだな。

「そろそろクリシュナのチェックも終わっとるやろ、うちらはクリシュナの整備をしてくるわ」

「いってきますね、お兄さん。しっかり整備してきます」

整備士姉妹がそう言って手をふりふりと振ってから休憩室を出ていく。ミミとメイは一緒になって次の目的地を決めているようだ。話に交ざっても良いんだが、決まってから聞こうかな。となると、やることがないな。

「船に戻るの？」

「そうだな。多分ないと思うが、スクランブルがかかることが絶対にないとも言えないし……」

俺も何かこういう待機時にできる仕事を作ったほうが良いかな。とは言ってもなぁ、情報収集や交易関連はミミに任せたし、メンテナンス関係はティーナとウィスカがいるし、その他のコアな情報に関してはエルマがどこかから拾ってくるし。

「別にそんな無理に働こうとしなくてもゆっくりすればいいじゃない。いざという時のために休むのも大事よ？　それに、あんたは船長なんだから細々としたことは部下に任せてドンと構えていれば良いのよ」

「そうですよ！　ヒロ様は働きすぎです！」

「私もそう思います。私に気を遣ってくださる分をご主人様自身に向けて頂きたいです」

エルマとミミだけでなくメイにまで休めと言われてしまった。別に疲れてもいないし、そこまでワーカーホリックというわけではないと自分では思うんだが。どちらかというと貧乏性なんだろうと思う。何もせず漫然と時間を過ごすのが勿体《もったい》なく感じるんだな。

「わかった。休憩スペースでボーッとしてるわ」

「そうなさい。パイロットは集中力が大事なんだから、頭を休ませるのも重要よ」

「へーい」

特にやることもないし、休憩スペースのソファで一眠りするのも良いかもしれない。そう考えながら俺は休憩スペースへと向かうのであった。

#8：ミミとミリメシ

幸いなことに応急修理が終わってしまえばイズルークス星系への撤退そのものはスムーズに進んだ。結晶生命体に遭遇することもなく、無事に帰り着くことができた。

しかし、損傷した艦艇の本格的な修理や損害を被った第三、第四偵察艦隊の再編成。それに持ち帰った情報の分析や、第三、第四偵察艦隊に被害を与えた結晶生命体の群れに対する攻撃を行うかどうかなどの検討をするために一週間ほどかかることになった。

その間、俺達傭兵《ようへい》はイズルークス星系の防衛に従事しながら待機せよという命令がお上から下った。まだまだ契約期間内なので、契約をこちらから解除しない限りはその命令には従わなければならない。

無論、こちらの都合で勝手に契約を解除するとなるとペナルティが発生する。契約不履行として多額の賠償金を請求されるし、傭兵としても著しく評価を落とすことになるのだ。賠償金は払えなくもないし、別に評価なんてどうでも良いが、攻撃するかどうか決まっていない現時点で契約をこちらから解除してペナルティを食らうのは馬鹿のすることである。今契約を解除してここを去って、その一週間後に攻撃は断念、解散！　なんてことになったら目も当てられない。ペナルティの受け損だ。

そういうわけで、俺達は暫《しば》くの間イズルークス星系にて待機することになるのだった——のだが、イズルークス星系での待機は非常に退屈なものであった。

まず、既存の依頼とは別枠でブラックロータスを利用した艦船の修理依頼が傭兵ギルド経由で指名依頼として出された。

ブラックロータスに二つ搭載されている小型艦ドックはスペース・ドウェルグ社製の最新式の高性能なものであり、小型艦の修理に限って言えば帝国航宙軍の前線基地の施設よりも性能が高い。

しかも、腕の良いプロのエンジニア二名と多数のメンテナンスボットまで擁しており、早急に戦力の回復を図りたい帝国航宙軍としては金を払ってでも利用したい存在であった。

修理に使用する資材は帝国航宙軍持ちで、依頼料は一日あたり10万エネル。主に働くのは整備士姉妹なので、依頼料の三割――一日あたり3万エネルを姉妹に渡すと言ったら二人とも目を輝かせて依頼を請けることを快諾した。日本円換算で一人あたりの日給150万円と考えると飛びつくのもわかる気がする。

まぁ、そういうわけで前哨《ぜんしょう》基地のドックを塞がないようにブラックロータスは臨時の修理拠点と化し、当然そんなブラックロータスのドックを塞ぐわけにもいかないので、機体に損傷がないクリシュナはブラックロータスにも前哨基地にも着艦できない。

つまり俺達はクリシュナから降りることもできず、安全な前哨基地周辺の空間に停泊して缶詰状態で待機中なのである。宙賊でもいれば狩りに行くところなのだが、帝国航宙軍の前哨基地しかないイズルークス星系に宙賊なんぞが出没するはずもなく、暇を持て余しているというわけだ。

やることもなく、暇を持て余すとなるとあとは艦内の三人で何かしらをやって暇を潰《つぶ》すしかなくなる。ホロ動画の鑑賞、タブレット端末を使った対戦型ゲーム、あとはまぁ……うん、色々だ。べッドの清掃機能とバスルームの使用頻度が上がったとだけ言っておく。

そんな退屈だけれどもある意味で充実した日々を過ごしていたある日のこと、俺達はイズルークス星系の帝国航宙軍前哨基地へと呼び出された。俺達を呼び出したのはセレナ少佐ではなく、ブロードウェル大佐である。

『いくら緊急時とはいえ、我らが英雄を宇宙空間にほっぽり出したままというのもよろしくない。むさ苦しい場所だが、多少は商店や遊興施設もある。私に呼び出されたという建前で少し身体を休めると良い』

とのことであった。

「これはどう受け止めるべきかね？」

「深く考えなくても良いんじゃないかしら？　興味を持たれただけでしょ」

「それはそれでなぁ……まぁセレナ少佐ほどグイグイ来てるわけじゃないし良いか」

一応メイにも相談してみたが、エルマの考えを全面的に支持したのでありがたくブロードウェル大佐の申し出を受けることにした。

「思ったより賑《にぎ》やかですね！」

「そうだな。まぁ軍人が多いし、軍艦の数も多い。人が多けりゃメシが売れるし、軍艦が多ければメンテナンス用の資材が必要になる。軍ってのは巨大な消費者でもあるってことだろうな」

ブロードウェル大佐の厚意で確保されたハンガーにクリシュナを停泊させて前哨基地に足を踏み入れたのだが、ミミの言う通り前哨基地は賑わっていた。非番の軍人らしき人々や傭兵の姿が多いが、見るからにそういう雰囲気でない人々の姿も見える。例えばビジネススーツのようなものをビシッと着込んだあの男性とかは軍人や傭兵ではなく商人なのだろう。

「とりあえず降りたけど、どこに行くの？　酒保《PX》？」

「いや、軍のPXだけでなく民間の店もあるらしい。買い物も娯楽の一環になるからかね？」

PXというのは軍が運営している売店のようなものだ。軍人だって人間なので、当然ながら生活をするにあたって様々な物資を必要とする。元の世界では衣服や下着、文房具、食料、菓子、酒、つまみ、その他諸々《もろもろ》の嗜好《しこう》品などを取り扱っていたと聞いている。当然、俺は利用したことがないので実際にどうかは知らんが、話に聞く限りはちょっと規模の大きいコンビニみたいなものかなという印象であった。

この世界のPXがどんな物を売っているのかはわからないが、もしかしたら俺にとっては新鮮な物を売っているかもしれない。機会があれば覗《のぞ》いてみるかね。

「お買い物は楽しいですよね」

「そうね」

そんな他愛のない話をしながら前哨基地内を歩いていると、チラチラと視線を感じる。まぁ、銀剣翼突撃勲章に一対の剣、それに美少女と美女で両手に花状態ともなれば目立つか。目立つよな。

「なんだか視線を感じますね」

「あら、ミミも敏感になってきたわね？　まぁ害意のあるものじゃないみたいだし気にすることはないわよ」

「俺には害意の有無までは判別できんが……その尖《とが》った耳は好感度センサーか何かだったりするのか？」

うなんだけど。

「そんなわけないでしょ」

ジト目のエルマがペチリと俺の尻《しり》を叩《たた》いてくる。ほんとにぃ？　エルフだしそれくらい有り得そうなんだけど。

「あ、ヒロ様。あそこ、あそこ行きましょう！」

ミミが指差す先には輸入雑貨店があった。ああ、うん。ミミはああいうの好きだよね。ああいう店には遠い他国から運ばれてきた珍味が置いてあったりするので、ミミのお気に入りなのだ。

「あそこも良いけど、ミミにはアレもオススメよ？」

「え？　あのお店ですか？」

エルマの指差す先にある店を見てミミが首を傾《かし》げる。それは所謂《いわゆる》ミリタリーショップであった。軍からの放出品なんかを売っている店だな。

「うーん、どんなものを売っているんでしょう？」

「軍からの放出品ね。色々売ってるけど、ミミが興味を持ちそうなものもあるわよ」

そう言ってスタスタと歩いていくエルマの後をミミと一緒に追う。

「ほう、面白そうだな」

「ヒロ様は好きそうですよね、こういうの」

「ワクワクするな」

軍用品ってなんか見ているだけで心が躍るんだよな。まぁ、ここに置いてあるのは軍用品と言っても型落ちの品で、現在の帝国航宙軍の正式装備と比べると多分二世代から三世代は前の代物なんだろうけど。

果たして前哨基地内に型落ちの装備を売る店を開いて需要はあるのかと思わなくもないが、意外と非番の軍人らしき客の姿が多いな。レトロ趣味の人って結構いるんだろうか？

「こっちみたい……ここね」

「これは帝国航宙軍のレーションですか」

「なるほど、これは俺も興味あるわ」

エルマが店内をフラフラと彷徨《さまよ》った先に陳列されていたのは帝国航宙軍のレーションだった。所謂コンバット・レーションってやつだな。兵士が戦場で活動するのに必要なカロリーを摂取するための食料で、保存性に優れ、余計な手間をかけずに食べられるようになっているものが多い。

食い物の質というものは士気に大きく影響する。それは恒星間航行を当然のように行うようになっているこの世界でも変わらないだろう。

「色々ありますね……でも中身がわかりません」

「耐候性、耐久性、耐熱性を確保するためにしっかりパッケージングされてるしな。やっぱその辺市販品とは違うよな」

のっぺりとした地味な包装にびっしりと印刷された内容物の説明や取り扱いに関する注意事項。正にレーションって感じだな。こういうのは世界が変わってもそんなに大きく変わらんもんなのかね？

「でも、放出品って大丈夫なのか？　こういうのって賞味期限切れたのとか、問題があって検品で弾《はじ》かれたのとかじゃないのか？」

「ここのは賞味期限が切れたんじゃなくて、メニューの更新で放出されたものみたいね」

「メニューの更新ですか？」

「帝国航宙軍のレーションって数年でメニューが更新されるのよ。でもレーション自体の賞味期限は半世紀単位だから、メニュー更新の度に大量の余剰レーションが出るのよね」

「なんという無駄」

「でもないわよ。そういうレーションはこういった形で放出されて、格安で私達みたいな傭兵とか行商人、コロニー居住者に回ってくるの。自動調理器もある意味高級品だからね」

「ふーん……そういやターメーンプライムのコロニーでもレーションっぽいのが売ってた気がするな」

フードカートリッジで色々な料理が食える自動調理器のほうが便利だから気にも留めなかったけど。

「むむ、たくさんあって悩みますね」

「そうそう腐るもんでもなし、全種類大人買いしようぜ。んでみんな試食してみよう」

「私は遠慮しておくわ」

「えー、エルマさんも食べましょうよー」

ミミがそう言うが、エルマは断固として拒否した。

「なんでそこまで拒否するんだ？　滅茶苦茶《めちゃくちゃ》不味《まず》いとか？」

「別にそんなことないわよ？　ただ、ヒロ達と一緒になる前に私は飽きるほど食べたから」

「ああ、なるほど……自動調理器を積んでなかったのか？」

「スワンには積んでたけど、その前はね……」

「なるほど」

エルマの言い分に納得した。自動調理器はそれなりに高いからな。まぁ、傭兵の収入から考えると大した金額ではないが、ここで売っている軍用レーションの値段を見る限りフードカートリッジと軍用レーションでは一食あたりのコストはそんなに大きく変わらない。ならレーションを選ぶという人もいるだろう。そしてレーションばっか食った結果、苦手になると。

「ミミ、無理強いは良くない。俺は一緒に食べるから」

「残念です。あ、ティーナさん達の分も買っていきましょうか？」

「俺達の分だけにしような。気に入ったら多めに買えばいいし」

「そうですね」

全種類大人買いは良いが、大量購入は止《や》めておいた。あんま美味《うま》くなかったらカーゴスペースの隅で埃《ほこり》を被《かぶ》ることになりそうだし。

☆★☆

「というわけでグラッカン帝国航宙軍コンバットレーション全四十八種セットを買ってきました」

「わー！」

ブラックロータスの食堂に設置されている広いテーブルの上に広げられたレーションパックを前に、ミミがハイテンションでパチパチと手を叩く。

「こんなん食いきれるん？」

「全部は無理じゃないかなぁ。これ、一パックあたり結構ボリュームあるよ？」

同じテーブルにティーナとウィスカも集まっていた。彼女達も軍用レーションとはあまり縁がなかったらしく、興味津々である……というか小柄なウィスカがレーションパックを持つとレーションパックが滅茶苦茶でかく見えるな。

「流石《さすが》に今日だけで全部食うのは無理だろう。一人あたり一パック、四人で四パック開けるのが限界じゃないか？」

「見てみると結構カロリーもありますね……」

「そらコンバットアーマーとかパワーアーマーを着て戦う兵隊さんの食いもんやからな。カロリーはあるやろ」

「とりあえず開けていきましょうか。ナンバーが振られているみたいなので、一番から開けていきましょう」

「一パックずつな」

ミミが黄土色の地味なパッケージを開けると、中からレトルトパウチのようなものがいくつか出てきた。俺の手の平大のものが二つと、何か角柱状にぴっちりと密封されているものが一つ。そしてスティック状のものが二つだ。手の平大のもののうち一つの中身はペースト状の何からしく、パッケージの一部を切り取って中身を絞り出せるようになっているようだ。

「これはクラッカーみたいだな。そっちは？」

「これはチリビーンズペーストみたいです」

「パックドピザって書いてあるで」

「これは二つともソーセージって書いてありますね」

絞り出せるようになっているパウチがチリビーンズペースト。もう一つの手の平大のパックがピザ。そして角柱状にぴっちりと密封されてたのがクラッカーで、スティック状のものが両方ともソーセージか。

「まず開けてみるか」

「そうですね」

それぞれ包装を破ってみる。俺の担当はクラッカーである。

「うん、普通のクラッカーだわ」

サクッとした食感。粉っぽいこともなく、ほんのり塩味。罪のない味とでも言えば良いのだろうか？　クラッカーである。正直これを食レポするのは無理だ。

「くんくん……うん、美味《おい》しそうな匂《にお》いです」

「んぐんぐ……悪くないな。冷めてるのが残念やけど」

「しょっぱい」

俺はクラッカーを一口。ミミはまだ匂いを嗅《か》いだだけで、ティーナとウィスカは早速ピザとソーセージにかぶりついていた。ドワーフ姉妹は物怖《ものお》じしないな。

「ミミ、チリビーンズくれ」

「はい。クラッカーいただきますね」

「しょっぱいなこれ」

「あ、ピザ美味しいね」

俺とミミはクラッカーにチリビーンズペーストを絞って口に運んだ。うん、少なくとも不味くはないな。何の肉かはわからないが肉と豆の味がしっかりと感じられる。とろりとした食感と、塩気と甘さ。まぁ豆も肉も本物ではなく、恐らくはフードカートリッジから出力されたものなんだろうけど。いや、豆は本物かもしれんな？

「そっちのもくれ」

「ほい。あーん」

「んむ……お、悪くないな」

「せやろ？」

ピザはなんかコンビニの安っぽいピザパンのような味だったが、チープな味が逆に良い感じだな。タマネギっぽい野菜のシャキシャキ感が微妙に残っていて悪くない。これ、五十年賞味期限があるらしいけど、どんな保存技術なんだろうか？　というかこれもフードカートリッジからの出力品だよな？

「しょっぱいです」

「ですよね」

ソーセージを食べた人がしょっぱい以外の感想を言っていないんだが。

とまぁそんな感じで四つほどレーションパックを開けた結果。

「不味くはない。まぁ食える」

「全体的に味が濃いですね。意外と美味しいかも？」

「酒の肴《さかな》になりそうなもんが多い印象やな」

「連食すると身体《からだ》に悪そうです」

どのレーションパックにもクラッカーとソーセージだけは入ってたな。微妙にフレーバーが違ったけど。ちなみにしょっぱいソーセージは向こうで酒を呑《の》んでいるエルマに二本ほど押し付けた。

「お酒のアテには悪くないのよね、これ」

「姐《あね》さーん、うちらにもお酒ちょーだい」

「はいはい、グラスも用意してあるわよ」

「いただきます」

飲兵衛《のんべえ》達がレーションをツマミにして酒盛りを始めた。今までに開けたレーションの中身で飲兵衛達が持っていかなかったものの処理を始める。

「あ、デザートは結構美味しいですね」

「確かに悪くないな」

四つ開けてデザートが入っていたのは二つだった。一番と四番のレーションが朝食扱いだとすると、二番と三番——昼食と夕食にはデザートが入っているようだ。

「二番にはお茶とコーヒーもついてましたね」

「グラッカン帝国ってお茶文化なのかね？　ミミもよく飲んでるよな？」

「そうですね、お昼ごはんを食べた後にはお茶を飲むことが多いと思います」

ミミはお茶、俺はコーヒーを用意してデザートに取り掛かっていく。

既に口をつけているが、二番の昼食に付属していたデザートはちょっと硬めのチーズケーキのようなものだった。食感は結構どっしりとしており、咀嚼《そしゃく》すると口の中でねっとりと溶けていく。柑《かん》橘《きつ》系のフレーバーが効いていて、コーヒーによく合う。ミミも満足そうだ。

「晩飯のデザートは……フルーツゼリー？」

「みたいですね」

チリビーンズペーストが入っていたのと同じタイプのパウチだ。吸い出し口のようになっている部分を引き千切り、中身を皿の上に出していく。

「あんまり美味しくなさそうだな」

「まぁまぁ、食べてみましょう」

苦笑いしながらミミがスプーンを使ってゼリーを口に運ぶ。

「これは市販品の栄養補助ゼリーですね。食べたことあります」

「なるほど？　あー、不味《まず》くはないな」

これはアレだ。日本でも売ってた栄養補助ゼリーに近い味だ。ほらあの、十秒チャージとかいう宣伝文句で売られてたやつ。これもまぁ、罪のない味と言えるだろう。味的にはマスカットとかああいうブドウ系の味だな。

「……これ、あと四十四食分あるんだよな」

「私は結構楽しいですよ。兵隊さんがどんなものを食べているのか気になりますし」

「こういうのって普通の食事——自動調理器が使えない環境で食われるものであって、常食されてるものじゃないと思うけどな」

「どういう状況なんでしょうね、それ」

「うーん、やっぱ最前線とかじゃないか？　陸戦で惑星の支配権を奪取する時とか」

この世界の技術水準なら惑星上の敵施設を破壊するのにわざわざ歩兵を送る必要はない。制宙権さえ確保してしまえば軌道爆撃によって一方的に地上の施設を叩《たた》くことができるからな。なんなら小惑星帯から小惑星を山ほど引っ張ってきて質量爆撃をしたっていい。

ただ、制圧するとなると話は別だ。敵兵は軍事施設以外にも隠れ潜んで展開できるし、軌道爆撃で破壊すべきでない建造物などに立て籠《こ》もる可能性もある。そういった事態を解決するために歩兵は必要になる。結局のところ、どんなに技術が進んでも歩兵という存在がなくなることはないわけだ。

「なるほど、そういう場所で食べられるものなんですね」

「うちの船でもある程度用意しておいたほうが良いかもな。何かの拍子に自動調理器が使えなくなったりするかもしれないし」

「そうですね。今度良さそうなのを見繕ってみましょうか」

「これも悪くないけど、もう少し手軽なのが良いな」

この帝国航宙軍のコンバットレーションも悪くはないが、もう少し嵩張《かさば》らなくて効率的なのがいいな。ブロック型の固形食みたいなやつとか。

☆★☆

レーション試食会を終えた翌日。

昨晩の酒盛りの影響でダウンしているエルマを置いて俺とミミは再びイズルークス前哨《ぜんしょう》基地へ

と繰り出していた。ちなみにメイはブラックロータスで留守番である。ハンガーに傭兵《ようへい》の船や帝国航宙軍の艦載機を入れてティーナとウィスカが修理作業をしているので、二人の警護に就いているのだ。帝国航宙軍の軍人はともかく、傭兵にはどんな奴《やつ》がいるかわかったもんじゃないからな。あの二人に絡んだりするかもしれん。

「おうコラ朝っぱらから女を侍らせて良いご身分だなぁオォン⁉」

「てめェみてぇな軟派野郎がでけぇ顔しやがってよぉ！　傭兵の風上にも置けねぇ！」

まさかこっちが絡まれるとは思わなかった。

ここはイズルークス前哨基地に開設されている傭兵ギルドの支部だ。ここには顔を出していなかったので、一応顔を出していくかとデートの前に寄ってみたらご覧の有様である。

「えーと？　それで？」

こめかみを解《ほぐ》すことによって頭痛を訴えている頭を宥《なだ》めながら結局なんなのだ？　と問う。

絡んでくるのはまぁ、良い。イズルークス星系にふらりと現れた俺がここ二週間かそこらで目立ちまくっているのは事実だし、銀剣翼突撃勲章の受勲時にはメイを、そして昨日《きのう》はミミとエルマを連れて歩き回っていたのだから、目立つのは仕方がない。それでこうやって絡まれるというのは正直面倒くさいが。

「それで？　じゃねぇよ何スカしてんだおるぁア！」

「大声を出すなよ、みっともない。それで、何なんだ？」

大声にビクッと身を震わせているミミを背中に庇《かば》って絡んできた傭兵の言い分をとりあえず聞いてやることにする。

「昨日も今日も女連れて歩きやがって……許せねぇ！」

「新入りは新入りらしく大人しくしとけや！　泣くぞオラァ！」

傭兵Ａ（仮）が血涙を流さんばかりの形相で拳《こぶし》を固く握りしめ、傭兵Ｂ（仮）が天井を仰ぎながらズダァンと床を踏みしめる。なんだこいつら。笑いを取りに来ているのか？

「なんか言えやコラァ！」

「舐《な》めとんのかオルァ！」

「反応に困ってんだよ察しろ。ええと、とにかく俺が気に食わないと？　そういうことだな？　で、何を求めてるんだ？　ミミを一晩貸せとか寄越《よこ》せとかだったらぶっ殺すが？」

と、こちらからも軽いジャブを打ってみると、彼らは互いに顔を見合わせ、そしてすぐに俺に顔を向けて俺の言葉を否定するように手をパタパタと横に振った。

「いや、そういうのはちょっと」

「女の子はモノじゃないんだからそんな貸せとか寄越せとか言うわけないだろ」

「急に真顔になんのやめて？　だったら何なんだよ」

「見せびらかすようにイチャイチャイチャイチャしやがってよぉ！」

「どうせ毎晩取っ替え引っ替えしてんだろぉ⁉　許せねぇ！」

「いやまぁ……というかその台詞《せりふ》は俺に対してはともかくミミに聞かせたらセクハラでは？」

「ヒ、ヒロ様……」

俺の指摘にミミが後ろから俺の腕を引っ張ってくる。どうやら恥ずかしいらしい。

「ひ、ヒロ様……？」

「こ、こいつ、こんないたいけな少女に自分のことを様付けで呼ばせているのか……!?」

「違う。いや違わないけど違う。俺が無理矢理そう呼ばせてるわけじゃないからな？」

ミミも俺に社会的ダメージを与えるのはやめて欲しい。いやまぁ、明らかにギリギリ成人かどうかって年齢の女の子に自分のことを様付けで呼ばせているってのは確かにアレだな。そうだな。最初からそうだったから今まであまり気にしてなかったけど、そう言われるとそうだな。

「そうですよ、私は自主的にヒロ様を様付けで呼んでるんです」

「うん、ミミはちょっとお口にチャックしてようね？」

背中のミミに振り返って笑顔でやわらかほっぺたを両手で挟み込み、むにむにしておく。これ以上社会的ダメージを与えられたら俺の心が死ぬ。

「やっぱりお前みたいな変態の軟派野郎のところにそんないたいけなお嬢ちゃんを置いておけねぇ！」

「勝負しろ！　そしてその子を解放しろ！」

傭兵A（仮）と傭兵B（仮）が揃《そろ》ってそう叫び、俺に人差し指を突きつけてくる。お前ら人を指差してはいけませんってお母さんに習わなかったのかよ。

「別に勝負するのは構わんが……」

「万が一ヒロ様が負けても私はヒロ様から離れるつもりはありませんよ」

「ちくしょぉぉぉぉぉっ！」

「爆発しろぉぉぉぉぉっ！」

男達が失意体前屈状態になって嘆く。どうしたものかと頭を掻《か》いたところで第三の男が登場した。

「話は聞かせてもらった！　ここは私が決闘の立会人を務めさせてもらおう！」

「誰だ貴様――ってブロードウェル大佐⁉」

闖入《ちんにゅう》者はブロードウェル大佐であった。というかなんです、そのポーズは。ジ○ジョ立ちかな？

「ええと、決闘？」

「うむ。傭兵や貴族が何かを賭《か》けて決闘を行う、というのはよくある話だ。僭越《せんえつ》ながら私が立会人を務めようではないか」

「いやあの、そもそも賭けが成立しないのですが？」

俺はミミを何かしらの形で強制的に船に乗せて連れ回しているわけではないし、ミミも俺に強制されているわけではなく自分の意志で俺の船に乗っている……はずだ。普段の言動から考えても、今の発言から考えてもそのはずである。

「細かいことは気にするな。こやつらは単にモテるヒロ殿に嫉妬《しっと》して絡んでいるだけなのだからな。公然とぶん殴れる口実が欲しいだけだ」

「辛辣《しんらつ》ッ！」

「あと私はヒロ殿の駆るクリシュナが実際に戦う姿をリアルタイムで見たいだけだ」

「我欲に忠実ですね？」

「たまにはこういった趣味と実益を兼ねた娯楽がなければな」

「実益、ですか？」

肩を竦《すく》めるブロードウェル大佐にミミが首を傾《かし》げながら尋ねる。そんなミミをブロードウェル大佐はジッと見つめ、そしていきなり顔色が真っ青になった。

「あ、あの、ミミ……様？　もしかしてですが、前に私と会ったことなどはございませぬかな……？」

「……？　先日ヒロ様と一緒にお食事をしましたよね？」

「あいや、そうではなくですな。その、例えば帝都とかで」

「……？？？　帝都には行ったことがないです。私は生まれも育ちもターメーン星系のターメーンプライムコロニーですよ？」

「あ、そ、そうですか。は、ハハハ……た、他人の空似だったかもしれませんな」

ダラダラと脂汗を流しながらブロードウェル大佐が胸元を押さえている。なんだろう、ブロードウェル大佐のこの反応は。ミミの顔がお偉いさんのご息女とかに瓜二つ《うりふた》とかなんだろうか？

「ところで実益というのはどういうことなんでしょうか？」

「あ、ああ、それはですな。小型戦闘艦同士の決闘というのは見た目には迫力満点ですからな。それに宙賊との戦闘を重ねて小型艦同士での戦いに習熟している傭兵の決闘というのは軍人にとっても大変参考となるものなのです」

「なるほどー……あの、ブロードウェル大佐。私はただの平民ですから、そのような話し方をなさらずとも」

「は、はは、ヒロ殿の奥方にそのような態度は取れませぬよ」

「奥方なんて、そんな……」

ミミが赤くなった頬《ほお》に手を当ててくねくねする。うん、可愛《かわい》いけどブロードウェル大佐の態度はあまりに不審だな。特大級の地雷の気配がプンプンするが、今すぐどうこうってわけじゃなさそうだ。とりあえず帝都には近寄らないほうが良いかもしれない。

「それでその、やるのか？」

「やってやらぁ！」

「ギャフンと言わせてやるぜ！」

いつの間にか復活していた傭兵A（仮）と傭兵B（仮）が気炎を上げる。まぁどうしてもやるって言うなら付き合うけどさ。

なお決闘に関しては見所もなく一方的にボコって泣かしただけだったので、割愛する。一対一どころか二対一、最終的に五対一でも圧倒してしまってブロードウェル大佐からも「参考にならん」と言われてしまった。俺は悪くねぇ。不甲斐《ふがい》ない傭兵どもが悪いんだ。

☆★☆

決闘騒ぎから二日。あれからは特に事件らしい事件もなく、日に日に目が死んでいく整備士姉妹とたまに通信で話をしつつ、俺はミミやエルマとイチャイチャしながらクリシュナで平和な時間を過ごしていた。

『なかなか派手に暴れているようですね？』

コックピットのメインモニターの向こうではセレナ少佐がなんだか愉《たの》しげな笑みを浮かべていた。

朝っぱらから通信が入ったので、まだ寝ているミミとエルマを起こさないように寝床から一人抜け出してコックピットへと移動してきたのだ。

「俺から手を出したわけじゃない。向こうから突っかかってきたからちょっと稽古《けいこ》をつけてやっただけだ」

決闘は帝国航宙軍――というかブロードウェル大佐の許可を取って行ったため、傭兵だけでなく帝国航宙軍の軍人達も大いに観戦していたのである。

前哨基地には娯楽が少ない。そんな中で傭兵同士の実機を用いた決闘というのは軍人さん達にとっても大層興味深いものであったらしい。まぁ終始俺が圧倒していたから八百長《やおちょう》を疑われたりもしたけど。

結局帝国航宙軍の小型艦とかコルベット、それに艦載機とかも出てきたので、漏れなく全員泣かせてやった。もっと精進し給《たま》えよ、君達。

「それで？　何の用です？」

『つれないですね。用がないと通信も入れてはいけないのですか？』

「そんなことはないが、酒盛りはお断りだぞ。面倒を見るのが大変だから」

『くっ……まぁ良いでしょう。これに見覚えはありませんか？』

頬を引き攣《ひ》らせながらセレナ少佐が動画ファイルらしきものを送ってくる。一応変なデータが紛れ込んでいないかチェックしてから動画ファイルを開くと、そこには眩《まばゆ》く輝くパルサーと、大量の結晶生命体、そして結晶生命体よりも明らかに大きいイガグリのような巨大結晶が映っていた。

「おおう、見事なマザー・クリスタル」

『……知っているんですね？』

神妙な声でセレナ少佐が聞いてくる。ウカツ！　俺は軽率な自分をぶん殴りたくなった。

「いやぁ、見るからにデカいしお母さんかなって」

『前にパルサー星系がどうのって言っていましたよね』

「ぴゅ〜、ひゅひゅ〜♪」

『下手《へた》な口笛はいいから、知っていることを全部話しなさい。これは命令よ』

「ヒエッ……」

セレナ少佐が据わった目でこちらを睨《にら》みながら小便を漏らしそうなほど怖い声で命令してくる。

「前にもチラッと話したような気がするけど、あまり記憶がね？」

『それでも結晶生命体に関しては知っているのでしょう？　素直に吐きなさい。出処《でどころ》不明の風聞ってことにして情報源は明かさないであげますから』

「……」

セレナ少佐の発言を暫《しば》し黙考する。正直に言えば、帝国軍は勿論《もちろん》のことセレナ少佐個人にも『正体はわからないが使える知識を持っている』とロックオンされるのは御免だ。既に手遅れ感があるが、なんとか被害を最小限に抑えたい。

幸い、真偽はともかくとしてセレナ少佐は俺が情報源だとは明かさないと一定の配慮をしてくれている。俺とクリシュナ、そしてブラックロータスが帝国内で暴れればそれなりに厄介なことになるのはセレナ少佐もわかっているだろうし、下手に関係を悪化させるよりは現状を維持してうまく利用したほうが良いと考えるかもしれない。

「……俺やクルーに手を出して何か強要しようとしたら暴れるし、どんな手段を使っても帝国から

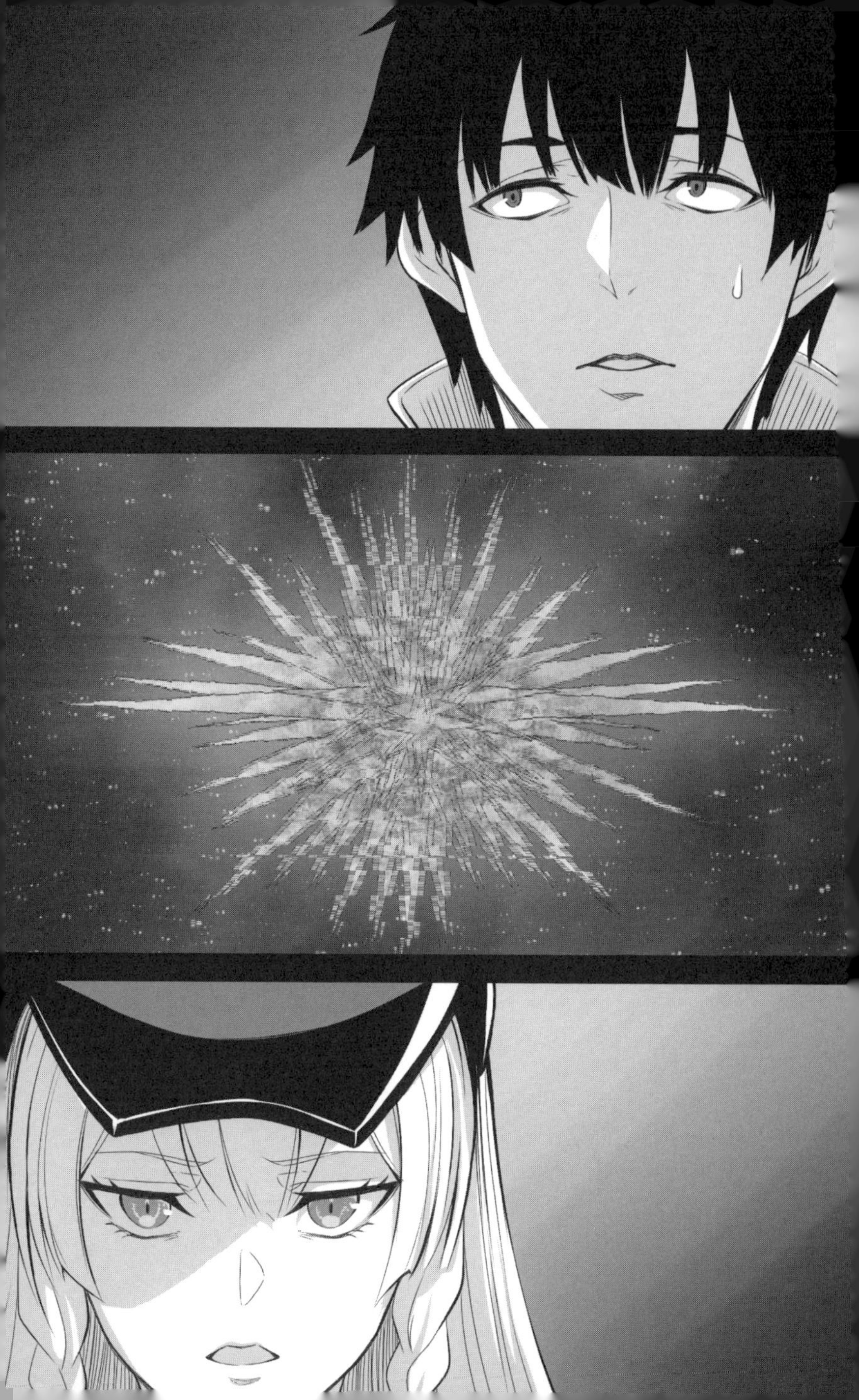

逃げるからな」

『脅迫するつもりですか？』

「身を守りたいだけだ。あと、それだけじゃなく俺の動画フォルダが火を噴くからな。『ポンコツ可愛い侯爵令嬢、セレナちゃんの癒やし動画』ってタイトルであちこちの動画サイトにアップしまくってやるからな」

『わかった、わかりました。私は情報源を明かさないし、情報源を探ろうとしたら全力で妨害します。だから動画は消しなさい』

「今後は駆け引きに使わないと約束する」

消すとは言わない。証明する手段がないしな。それにいざという時の復讐《ふくしゅう》手段を手放すつもりはない。

『くっ……まぁ良いでしょう。交渉成立です。知っていることを洗いざらい話しなさい』

「ＯＫ」

俺はパルサー星系に生息する結晶生命体の親玉――マザー・クリスタルに関して知っている限りのことを全《すべ》て話した。基本的にマザー・クリスタル自体に移動能力はなく、攻撃手段は無数の小型結晶生命体を放つというものだけだ。放たれる小型結晶生命体はクラス１レーザー兵器に相当する光線攻撃と、突進攻撃で襲いかかってくる。シールド技術に相当する防御手段は持っていないため、光学兵器よりも実弾兵器や爆発兵器のほうが効きは良い。無論、若干威力が落ちるだけで光学兵器も十分に効く。

それよりも厄介なのはマザー・クリスタルを守っているガーディアン・クリスタルの群れで、中型結晶生命体を一回り強くしたような性能を誇る上に数が多い。近距離射撃戦能力に優れる上に、躊躇《ちゅうちょ》なく突進攻撃も仕掛けてくるので、非常に厄介だ。

ただ、ガーディアン・クリスタルの射撃は射程が短いので、アウトレンジでガンガン削れば良い。最高速度はそれなりに高いが、あまり小回りが利かない上にマザー・クリスタルにより近い敵を優先的に攻撃する習性があるので、足の速い小型船で引きつけて遠距離から大型船や中型船で叩《たた》けば割と楽に狩れる。

可能であればマザー・クリスタルからできるだけ遠い位置のハイパーレーン侵入口から星系内に突入し、小型船がマザー・クリスタルの放つ小型結晶生命体の群れとガーディアン・クリスタルの双方を相手にしなくても良いようにしたほうが良い。

今まで触れなかったが、何故か大型結晶生命体はマザー・クリスタルの存在する星系には配置されていないことが多い。もしかしたら大型結晶生命体はマザー・クリスタルから巣立った次代のマザー・クリスタルなのかもしれない。

「あとはマザー・クリスタルはとにかくタフだから、小型艦の攻撃だと反応弾頭魚雷くらいでしかまともにダメージが通らない。中型艦、大型艦は可能であれば実体弾砲か反応弾頭ミサイルを装備したほうが良いな。レーザーも効かないわけじゃないけど、実弾系や爆発系の武器のほうが効きが良い。あと、マザー・クリスタルの弱点は中心部の発光している場所だ。見ればわかるかもしれんが」

そう言って俺は画面に映るマザー・クリスタルの中心部をマークした。

「ただ、このトゲトゲが厄介でな。マザー・クリスタルは接近する投射物に正確無比に棘《とげ》を立てる

から」

て四方八方から弱点を狙《ねら》って攻撃したほうが良い。一方向からの砲撃には思いの外タフに耐え忍ぶ

ガーディアン・クリスタルを排除したら打撃担当の大型艦や中型艦はマザー・クリスタルを包囲し

んだ。つまり、中心部から先端までの長さの結晶の棘を可動式の装甲みたいに使うんだよ。だから、

『……随分と詳しいですね』

「討伐経験があるからな。いつ、どこで、って質問はナシだぞ。ただ、俺の情報が絶対だと思うのは危険だ。このマザー・クリスタルが俺の知っているマザー・クリスタルと同じ挙動をするとは限らないし、ガーディアン・クリスタルが同じような性能であるとも限らない」

ＳＯＬ《ステラオンライン》で培った知識がこの世界の結晶生命体にそのまま当てはまるという確証はないからな。今までの傾向から考えると、大外れではないと思うけど。ＳＯＬでオミットされていたと思われる情報は多いが、ＳＯＬに登場していたものに関してはこの世界においても齟齬《そご》が殆《ほとん》どない。

『貴方《あなた》は自分の情報の確度をどれくらいと見積もっているのですか？』

「半々、とお茶を濁したいが九割方は間違いないと思う。そうでなければ俺は二回の突撃で結晶生命体の餌食になってる」

ある程度安全マージンは取っていたつもりだが、結晶生命体と追いかけっこをした感じではＳＯＬと挙動は変わらなかった。攻撃の威力や攻撃頻度、弾速なんかも感覚的にはほぼ一緒だと感じている。耐久力なども殆ど差異を感じないので、マザー・クリスタルもそう大きくは変わらないんじゃないかと思う。

『そう……貴重な情報をありがとう。具体的すぎてどう伝えたら良いか迷ってしまいますね』

「くれぐれも情報源の秘密は守ってくれよ。お互いのために」

『そうですね、お互いのためにも』

「あと、情報に対する対価を何か考えておけよ。これはとてつもなく大きな『貸し』だぞ。まさか少佐殿は踏み倒したりなんかしないよな？」

『うっ……わかっていますよ。私のできる限りで便宜を図ります。できれば便宜の方向性を提示してくれると助かるのですが？』

「ふむ……それなら」

　俺はセレナ少佐に高性能の戦闘ボットをブラックロータスに配備しようと考えていることを伝えた。セレナ少佐はなかなかに高い地位の軍人だし、お貴族様でもあるので何かコネがないかと思ったのだ。

『なるほど。あの船にはパワーアーマーを装備した屈強な帝国海兵なんて乗っていないですものね。わかりました、ホールズ侯爵家が出資している軍需産業の中に軍用の高性能戦闘ボットを取り扱っている企業があったはずです。紹介状を書きましょう』

「話が早くて助かるね」

　素面《しらふ》のセレナ少佐は油断ならないけど、働きにはちゃんと報いてくれるから好きだよ。ぐでんぐでんに酔っ払うとひたすらに面倒くさいけどな！

「軍は再攻撃をするつもりなのか？」

『恐らくそうなるでしょう。有用な情報も得られましたし、あとは私の頑張り次第といったところです』

「この前の戦力だと厳しいと思うが？」

被害のない状態で全偵察艦隊の戦力を集中すればワンチャンあったと思うが、第三、第四偵察艦隊に少なくない被害が出てしまったので、全艦隊を合わせても少々厳しいだろう。

『それは我々も把握しています。第三、第四偵察艦隊の尊い犠牲によって敵戦力は知れましたから。基地に待機していた主力部隊も含めて必勝の構えで行くことになるでしょう』

「なるほど。それならまず大丈夫だろうな」

前哨《ぜんしょう》基地に駐屯している主力も合わせて動くなら戦力としては十分だ。余程の下手を打たない限りは揺るぎないだろう。

『根回しと編成にもう数日かかりますから、英気を養っておくように』

「アイアイマム」

セレナ少佐の言葉に敬礼を返すと、彼女は微《かす》かな笑みを浮かべてから通信を切った。

さて、それじゃあミミとエルマにもこの話を伝えるか。まずは二人を起こしてシャワーを浴びさせてからだな。

☆★☆

セレナ少佐との通信からきっかり二日後、イズルークス星系に駐屯している帝国航宙軍駐屯部隊は結晶生命体への再攻撃を決定し、作戦に参加する傭兵達《ようへい》に二十四時間後に作戦行動を開始するという通達を出した。傭兵の反応としては『やっとか』というものが多く、特にすることもなく待機しているだけという退屈な状況が打破されることを歓迎するようなムードだ。

　契約を破棄して作戦から離脱する傭兵は驚いたことにこの時点で一人もいなかった。俺の予想としては命あっての物種、ということで離脱者が出ると思っていたのだが、俺の予想は裏切られた形となる。

「この状況で尻尾《しっぽ》巻いて逃げたら今後の活動に差し支えるでしょ。違約金を払って尻尾を巻いて逃げたと言われるくらいなら、作戦に参加して安全第一で消極的な行動に走る連中のほうが多いわよ。勝ち馬に乗れそうだと判断したら手の平返して前に出てくるでしょうけど」

「ふーん……じゃあまた目立つことになりそうだな」

「は？」

　エルマがお前は何を言っているんだ、という表情をする。

「他の傭兵が前に出てこないなら、前に出る俺達がまた目立つだろ。必然的に」

　他に合わせて後ろで縮こまっているつもりは一切ないから、結果としてそうなるだろうと思う。というか、足の速い小型艦がちゃんと前に出てガーディアン・クリスタルを引きつけないと、中型艦や大型艦に被害が出る可能性がある。そうなると勝てる可能性が低くなり、結果的に小型艦の首を絞めることになりかねない。

「というわけで、二人には悪いけど俺は前に出るつもりだから」

「大丈夫です。ヒロ様を信頼してますから」

「あんたの判断に任せるわ。無駄死にを選ぶような性質《たち》じゃないものね？」

「そりゃ勿論」

好んで爆発四散する趣味はない。無謀な突撃や自己犠牲なんてクソ喰《く》らえである。死なない範囲で自分の仕事をするだけだ。

対結晶生命体のレイド戦で小型で足の速い船の役割というのはそのものズバリ回避盾だ。ヘイトを稼いで敵の攻撃を引きつけ、火力担当である中型、大型艦に敵が行かないようにする。危険度は高いが、そこは慣れである。追い詰められて押《お》し潰《つぶ》されないように注意しながら適当にぶっ放し、全速力で逃げ回る。

ある程度の足の速さと運動性さえ確保できれば兵装は豆鉄砲でもいいので、SOLのレイドコンテンツの中ではある意味で初心者向けのものだった。無論、本当の初心者はダメなところに突っ込んで爆発四散しまくるのだが。

「ブラックロータスのドックもようやく空いたし、一旦《いったん》戻るか」

「そうね。出撃前の整備もしてもらったほうが良いだろうし」

「ティーナさんとウィスカさん元気かな？　ちょっと心配なんですよね」

「結構無理してたよなぁ」

と、そんなことを話し合いながらイズルークス前哨基地の小型艦用ハンガーからブラックロータスの格納庫へとクリシュナを移動させ、船から降りる。

「おかえり」

「おかえりなさい」

「お、おう、ただいま……」

で、戻った俺達をティーナとウィスカの整備士姉妹が出迎えてくれたのだが……二人ともなんと

いうか、酷《ひど》い有様であった。

「お前ら、ちゃんと寝てたのか？」

「ちゃんと寝てたで。メンテナンスポットに作業を任せて手が空いた時に」

「手持《ても》ち無沙汰《ぶさた》になるタイミングはありますからね」

そう言ってにへら、と力のない笑みを浮かべる二人の目の下にはクマが濃く刻まれていた。この様子だと殆ど寝てないな。顔も作業服もオイルか何かわからないけど汚れっぱなしだし。

「こりゃだめだ。おい、二人を風呂《ふろ》に放り込んで寝かしつけるぞ。手伝ってくれ」

「はい！」

「了解」

ミミとエルマの返事を聞きながら俺は整備士姉妹をそれぞれ小脇に抱え、ミミとエルマを引き連れて居住区画へと向かうことにした。

「なんなん？　クリシュナを整備せなあかんやろ」

「そんなの後だ後。動き出すのは二十四時間後、そこから現地に着くまで凡《およ》そ三十六時間。今せんでも十分間に合う」

「あ、あの、シャワーとか暫《しばら》く浴びてないですから、抱えな……あぅっ」

死んだ目で仕事を続けようとするティーナを黙らせ、ジタバタとするウィスカを静かにするようにという意図を込めてぎゅっと締め付けてやる。

ちなみにウィスカが心配しているような臭いは別にない。というか、二人ともオイルか何かの臭いしかしねぇ。ジャンプスーツのチャックを開けて胸元に顔を埋《うず》めたら臭うのかもしれないけど、流石《さすが》にそこまでレベルの高い変態行為をするつもりはない。ないぞ。ないからな？

シャワールームに辿《たど》り着《つ》いた俺は二人をそこに放り出し、ミミとエルマによく洗ってから寝かしつけておくように命じてからコックピットへと向かう。

「おかえりなさいませ、ご主人様」

「ああ、もどっt――うぉぉ!?」

コックピットに入って挨拶《あいさつ》するなりメイが物凄《ものすご》いスピードで接近して俺を抱きしめてきた。むにゅりとした柔らかい感触で胸板が幸せだ。メイが俺の身体《からだ》を抱きしめる力は決して強くないが、身じろぎをしようとしてもビクともしない。一体どういう仕組みなんだ、これは。

「メイ？」

「もう少しだけ」

「お、おう」

されるがままに抱きしめられておく――というかこっちも抱き返してやる。もう少しだけと言いつつ、たっぷり五分くらい抱きあった後にメイはようやく俺を解放してくれた。

「至福の時間でした」

「それは何よりだが、一体どうしたんだ？」

「何か不自然でしたでしょうか？」

俺が何を疑問に思っているのかわからない、という感じでメイが真顔で首を傾《かし》げる。

「いや、突然の濃厚なスキンシップにびっくりしただけなんだが」

「ご主人様、端的に言うと私は『寂しかった』のです」

メイは機械だが、感情と知性を有する機械知性である。だから、主人である俺と長期間会えない状況に陥ると、寂しくなってストレスが生じ、それを解消するために俺との身体的接触を必要とした。なるほど？

「わかった。今後は今回のようなことにならないよう最大限に配慮する」

「恐れ入ります」

☆★☆

十分後、俺は休憩スペースのソファでメイに膝枕《ひざまくら》をされた状態で頭を撫《な》でてもらいながら、この六日間の報告を受けていた。整備士姉妹の面倒を見終わったエルマとミミが俺とメイを見てなんとも言えない表情をしていたが、クルーの精神的なケアも艦長としての務めである。多分。

「何か問題が？」

「その状態でですか？」

「ブラックロータスを空けていた間の報告を受けている」

「……何やってるの？」

「思うところはあると思うが、スルーしてくれ。これでもだいぶ譲歩してもらったんだ」

「なんだかよくわからないですけど、わかりました」

「まぁ、どうでもいいけれど……」

ミミがメイの隣に、エルマが少し離れたところに腰掛けたのを見計らってメイが続きを話し始める。

「この凡そ六日間、特にトラブルらしいトラブルはありませんでした。逗留《とうりゆう》された傭兵の皆様が内装の快適さに驚愕《きようがく》され、その詳細や発注元などに関する問い合わせが何件かあったくらいでしょうか。若干マナーの悪い方もいらっしゃいましたが、私の真摯《しんし》な説得で改心してくださいました」

「真摯な説得」

「はい」

俺だけでなくミミとエルマの脳裏にもきっと「説得（物理）」という言葉が浮かんでいることだろう。二人の顔色を見る限り間違いないと思う。説得された傭兵がメイドという存在を見ると怯《おび》えるような状態になっていないように祈っておくとしよう。

この日、俺は四六時中メイに付き添われて過ごすことになった。一日中、だ。色々と察して欲しい。

☆★☆

作戦発動の凡そ四時間前に俺は目を覚ました。場所はブラックロータスに設けられた俺の寝室である。メイの姿はないので、恐らく既にコックピットか食堂に行っているのだろう。最終的にメイの機嫌というか寂しさによるストレスは解消できたようなので、今後は今回のように何日間も顔を合わせないということがないように気をつけたいと思う。本当に。

疲れを知らない彼女には絶対に勝てない……。

「大丈夫なの？　もう少しで作戦開始よ？」

「大丈夫。飯食ってゆっくりしてればなんとかなる」

食堂に移動し、ジト目で視線を送ってくるエルマにそう答えてホットドッグもどきと青汁めいた栄養価の高いジュースという朝食を摂る。ホットドッグが味気ない栄養ペーストじみたサムシングだったら立派なディストピア飯だっただろうな、これは。

「ティーナとウィスカは？」

「もうずっと前に起き出して元気いっぱいにクリシュナの整備をしに行ったわよ。ミミも補給物資の最終確認をするって言って一緒に格納庫に向かったわ」

「そうか。俺も飯を食い終わったら二人の様子を見に行くかな」

「そうしなさい。相当無理をしたみたいだから。昨日《きのう》は大変だったのよ？　湯船に入れたらそのまま寝るし。ミミと二人がかりでお風呂に入れたんだから」

「それは危険だな。二人に世話をしてもらってよかった」

整備士姉妹とミミとエルマがお風呂でくんずほぐれつしている光景に思いを馳《は》せる。ちょっと見てみたかった。そんな俺の思考が筒抜けなのか、エルマが俺の太腿《ふともも》を抓《つね》ってくる。ちょういたい。

「ほんとにアンタは緊張感の欠片《かけら》もないわねぇ……これから死地に向かうのに」

「死地だと思ってないからなぁ」

帝国航宙軍の規模を考えれば、負けるということはまずないだろうと考えられる。

今回投入される戦力は戦艦六隻、巡洋艦二十隻、駆逐艦二十五隻、コルベット四十二隻という盤石としか言いようのない大戦力だ。正直傭兵とか要らないいんじゃね？　と思わなくもない。

帝国航宙軍も本気というか、圧倒的戦力を投入して一隻たりとも被害を出させないという強い意志を感じさせる布陣である。先日派遣された第一から第四偵察艦隊全《すべ》てを合わせた戦力の一・五倍の戦力が投入されている。しかも今回は既に敵の位置が判明しているので、隊を分けたりせずに戦力が集中運用される。

つまり、単純計算で言えば先日大損害を被った第三、第四偵察艦隊と比べて凡そ三倍の戦力を該当星系に投入するわけだ。更に傭兵《ようへい》達も同じくまとめて投入される。ＳＯＬで培った俺の感覚からすれば過剰戦力だ。運用さえ誤らなければ先日の偵察艦隊規模の戦力で十分対処できると思う。

「というわけだ」

「なるほど、根拠があってのことなのね」

「そういうこと。流石に数が多いだろうから油断はできないが、ガーディアン・クリスタルの掃除さえ済めば戦艦と巡洋艦、それに駆逐艦から投射される圧倒的火力でマザー・クリスタルはさほど苦労せずに破壊できると思う」

つまり、俺達傭兵や帝国航宙軍のコルベットがちゃんと仕事をしてガーディアン・クリスタルを迎撃し、ヘイトを取って引きずり回せばあとは帝国航宙軍の戦艦や巡洋艦が全部片付けてくれるということだ。あとはマザー・クリスタルから放出される小型結晶生命体と適当に遊んでいればいい。

「不意の遭遇戦でもない限り、軍の戦いってのは始まる前に終わってるってこったな」

先日の大損害に関しても、別に作戦失敗ってわけじゃないしな。大きな被害が出たのは確かだろうが、敵の本拠地と戦力を知るって目的はちゃんと達成できていた。あの偵察行は情報を持ち帰ることができれば勝ちだったわけである。

「心配はいらない、でも油断はできないってわけね。つまりいつも通りと」

「そういうことだな」

肩を竦《すく》めてみせる俺を見てエルマが微笑《ほほえ》む。

作戦開始まで、あと四時間弱。

☆★☆

結晶生命体殲滅《せんめつ》作戦が開始された。帝国航宙軍の大艦隊が動き始め、俺達傭兵もそれに追随する。万が一にも逸《はぐ》れるわけにはいかないので、各傭兵は指定された艦に同期モードでついていくことになる。オートドッキングの艦隊行動版のようなものだ。あちらからの要請を受諾するだけで一時的に操舵《そうだ》権を移譲し、こちら側は何もしなくても整然とした艦隊行動ができるようになるという優れものである。もっとも、縛りは緩いので緊急時にはこちらで即時破棄して自由行動に移れるのだが。

「退屈だな」

「えっと……はい。何かゲームでもしますか？」

「貴方達ね……」

休憩スペースで緊張感の欠片もなく退屈だと漏らしている俺とミミにエルマがジト目を向けてくる。

現在、クリシュナはブラックロータスに搭載されたまま艦隊行動をしている。本来であればいつでも緊急発進できるように俺達はコックピットで待機しているべきなのだが、マザー・クリスタルのいるイェーロム星系に到達するのは凡そ三十六時間後だ。今からコックピットで気を張っていても何の意味もない。不意の遭遇をしたとしても帝国航宙軍のコルベットが前衛にいるから、彼らが持ちこたえている間に俺達傭兵の緊急発進が間に合う。

まぁその、つまり移動中はやることがないのである。こうして退屈だという俺に同意できるようになった辺り、ミミはかなり成長したよな。初めて船に乗って宙賊の退治に出かけようって時は緊張でカチンコチンになってたものな。それが今では退屈だ、という俺のぼやきに反応してゲームを勧めてくる。ミミの胸部装甲ともども成長を感じずにはいられない。

ちなみにミミの胸部装甲だが、今でもサイズアップしている。身近に接しているので俺の感覚では「おっきいねぇ！」というIQの低そうな感想しか出てこないのだが、簡易医療ポッドで日々計測されているデータ上では確実にサイズアップが進んでいる。ミミ……恐ろしい子！

「いてっ」

「ふん」

遊ぶゲームを選んでいるミミの胸元に熱い視線を注いでいたらまたエルマに太腿を抓られた。確かに視線が不躾《ぶしつけ》だったかもしれない。反省。今度はエルマをジッと見る。透き通るような白い肌、尖《とが》った耳、物凄く整った顔立ち。うん、美人。ミミは可愛《かわい》い系だけど、エルマは美人というか綺麗《きれい》系というか……例えるならミミは子犬のような可愛さ。エルマは花のような美しさだよな。

うん、花って表現はしっくり来る。

「何よ？」

「いや、エルマは花のように美しいなと」

「何よそれは」

エルマはジト目を向けてくるが、耳が赤くなってピンと立っている。エルマの耳は口以上に物を言うなぁ。宇宙エルフが恥ずかしい時に耳を隠すのもわかる気がする。

と、ミミとエルマを両脇に侍らせてイチャイチャしていると格納庫に続く通路から賑《にぎ》やかな声が聞こえてきた。ティーナとウィスカがクリシュナの整備を終えて休憩に来たようだ。

「お疲れ」

「はい、おおきに。船の整備はばっちりやで」

「簡単なチェックと整備だけでしたけど」

模擬戦は大幅に出力を落とした低出力レーザーと模擬弾を使って行われたので、実際に装甲に損傷などは負っていないからな。機動だけは実戦に等しいものだったから、動力系や操作系には実戦と変わらない負担がかかっていたと思うけど。

「へいかもん」

「よっしゃ」

ソファに座ったまま両手を広げてみせると、ティーナがノリ良く突っ込んできた。突っ込んできたティーナを抱き留めて頭を撫でまくってやる。

「よーしよしよしよしよしよし」

「あはははは、髪がぐしゃぐしゃになるー」

そう言いながらされるがままのティーナをひとしきり撫でて解放してやる。すると、左右からドンと俺の胸元に頭がぶつかってきた。

「よーしよしよし」

「えへへ」

「ちょっと、もう少し優しくやりなさい」

ミミとエルマの頭も撫でてやる。そうすると、ウィスカがなんとも言えない顔でこちらを見ていた。ミミとエルマの頭を撫で終えたら再度ウィスカに向かって両腕を広げてみせる。

「うりゃー」

「お、お姉ちゃ――わっ⁉」

ティーナに後ろから押されたウィスカが足をもつれさせて俺の胸に飛び込んでくる。そして華麗にキャッチ。

「よーしよしよしよし。いつもティーナに振り回されて大変だなー」

「ちょい。そりゃないやろ？」

「実際こうなっているが？」

「ぐっ」

ティーナに押されて俺の胸元に顔を埋める形になっているウィスカを指差すと、ティーナは悔しそうな顔をして口を噤《つぐ》む。そんなティーナを見ながら俺の胸元でカチコチになっているウィスカの頭を撫でていると、メイがスタスタと休憩スペースに入ってきた。

そして俺の胸元でカチコチになっているウィスカを抱っこしてミミの隣に座らせ、ソファに座ったままの俺の前に跪《ひざまず》いて俺の腹の辺りに頭を預けてくる。

「よーしよしよしよし」

恐らくコックピットで俺達の様子をモニターしていて、皆が頭を撫でられるのを見て自分も撫でて欲しくなったのだろう。頭を撫でるくらいならいくらでもしてやるよ。

#9：結晶戦役

穏やかな時間もそう長くは続かない。艦隊は滞りなく、予定通りに戦場となるイェーロム星系へのハイパーレーンに突入した。もうじき艦隊はハイパースペースから飛び出して星系へと突入する。

「さて、各部チェックを開始。メイ、カタパルトも星系突入後すぐに飛ばせるようにチャージしておいてくれ」

「はいっ」

「アイアイサー」

『承知致しました』

クルーに指示を出しながらコンソールを操作してジェネレーター出力をアイドリングモードから巡航モードへと切り替える。一応イェーロム星系への突入口はマザー・クリスタルから遠い場所になっているはずだが、ガーディアン・クリスタルが配置されている可能性は低くはない。

本能なのか習性なのか、それとも知性や知能によるものなのか、奴《やつ》らはハイパーレーンの進入口付近に屯《たむろ》していることが多いからな。SOL《ステラオンライン》ではマザー・クリスタルに一番近いハイパーレーン進入口付近が一番敵影が濃かったが、この世界ではどうだろうか。

結晶生命体の性質がSOLと同じなのであれば、マザー・クリスタルから遠い進入口に配置されている戦力は他に比べて薄いはずだが……まぁ、これぱかりは突入してみないとわからんな。

「間もなくイェーロム星系に突入します。三十秒前！」

「さぁて、やるかぁ」

操縦桿《そうじゅうかん》を握り、ジェネレーター出力を戦闘モードへと変更して意識を切り替える。

同時に結晶生命体への対処法――奴らの攻撃に有効な回避機動や、引き回しのパターンなどを頭の中で組み立てておく。

まずは後衛に襲いかかろうとするガーディアン・クリスタルの中で早急に処理が必要な対象を排除し、一刻も早く多くのガーディアン・クリスタルのヘイトを稼いで引き回す。これが俺のやるべきことだ。

今回の場合は敵を撃破することよりも、大火力を誇る味方を動きやすくするのが俺の仕事である。

「間もなくハイパースペースから通常空間に帰還します。カウント……5、4、3、2、1、0！」

超光速ドライブ起動時や解除時とはまた違う奇妙な音が鳴り響く。ぎゅいおおぉぉんというか、びょぉぉぉんというか……シンセサイザーを滅茶苦茶《めちゃくちゃ》に鳴らしたような音だ。なんなんだろうな、この音は。

益体もないことを考えているうちにクリシュナを載せたブラックロータスは通常空間に帰還した。

同時に、艦内にアラート音が鳴り響く。

『結晶生命体を確認。帝国航宙軍前衛部隊のコルベットが戦闘に突入しつつあります。全傭兵にも出撃命令が下りました』

「了解、出してくれ」

『はい。皆様、ご武運を』

コックピットのモニター越しにメイがお辞儀をして送り出してくれる。

次の瞬間、船内に凄《すさ》まじいGが襲いかかってきた。格納庫のカタパルトによってクリシュナが宇宙空間に射出され、コックピットを守る慣性制御装置でも殺しきれないGが俺達を襲ったのだ。

「うぅ、何度やっても慣れませんね」

「外力による加速には慣性制御装置の効きが悪いからな。ミミ、艦隊から情報を取得してガーディアンの位置をマークしてくれ」

「はいっ」

ぼやくミミにそう返しながら旋回し、前線へと向かう。既に最前衛に配置されていた帝国航宙軍のコルベットはガーディアン・クリスタルとの乱戦にもつれ込んでいるようだ。傭兵の船も順次前線へと向かっている。

これは後衛に襲いかかる個体の排除は大丈夫そうだな。結晶生命体からのヘイトを稼いで敵を引きつけることを優先したほうが良さそうだ。

「よし、迂回《うかい》して敵の横っ腹に突っ込むぞ。ウェポンシステム起動」

クリシュナの艦首が変形し、二門の大型散弾砲がその姿を現す。四門の重レーザー砲を装備した武器腕も起動し、艦底のウェポンベイでは二発の反応弾頭魚雷がいつでも発射可能な状態になる。

戦闘準備完了だ。

「了解。サブシステムの掌握は任せて」

宣言通りにクリシュナは真《ま》っ直《す》ぐ前線には向かわず、迂回を始める。

「こちらクリシュナ。前線を迂回して敵集団の横っ腹に突っ込む。反応弾頭魚雷を使って敵を引きつけるから、爆発に巻き込まれないよう注意してくれ」

　コンソールを操作してクリシュナの突入コースと反応弾頭炸裂《さくれつ》予想座標を全艦に共有する。まぁ、敵集団の中程にまで突出している味方はいないから大丈夫だと思うが一応ね。

「突入するぞ」

「はい！」

「アイアイサー」

　十分な距離を使って加速し、敵集団の横っ腹へと突入を開始した。すぐにクリシュナの接近に気付いた個体がこちらへと向かってくるが、擦れ違うようにその横をすり抜けながら大型散弾砲と重レーザー砲で一撃を加えて注意を惹《ひ》いていく。傷をつけられた個体の敵意が更に他の個体の敵意を呼び、前衛に掛かっていた敵の圧力が横っ腹に突っ込んだクリシュナへと漏れ出して弱まる。

「景気づけに一発！」

　艦底のウェポンベイから反応弾頭魚雷を敵集団に発射し、進路を逸《そ》らして爆発に巻き込まれないようにする。一発目が炸裂する前にもう一発、着弾地点を大きくずらして発射。

「さぁもう一発！　さぁ来い！　さぁさぁ！」

　俺の挑発が奴らに届くわけもないが、一発目の反応弾頭魚雷は確かに奴らへと届いた。こちらへと向きを変えて突進を始めようとしていたガーディアン・クリスタルのうちの一体に着弾し、激しく炸裂して周囲のガーディアン・クリスタルを数体巻き込む。

　そして二発目。敵集団の土手っ腹に反応弾頭魚雷が炸裂して三体ほどのガーディアン・クリスタルが爆散した。衝撃で飛び散った敵の破片が更にその周りのガーディアン・クリスタルを叩《たた》き、広範囲のガーディアン・クリスタルがクリシュナへと敵意を向け始める。

「始めるぞ。シールド容量にはくれぐれも注意してくれ」

「アイアイサー。任せなさい」

エルマの頼もしい返事を聞きながらクリシュナのスラスターを最大出力で噴かす。

飛び道具あり、鬼の数が百以上というエクストリーム鬼ごっこの開幕だ。

□■□

ハイパードライブのワープアウト直後、私達帝国航宙軍艦隊は結晶生命体との戦闘に突入した。敵の主力は中型結晶生命体亜種、仮称『ガーディアン・クリスタル』だ。

この戦闘は『彼』からの情報で想定できていたことであったため、帝国航宙軍全体に動揺は見られない。ソースの不確かな情報を元に結晶生命体殲滅《せんめつ》艦隊を編成することや、具体的な作戦立案をすることには骨が折れたが、その甲斐《かい》はあった。

無論、彼からの情報であることは一言も言っていない。彼から詳しい話を聞き、第三、第四偵察艦隊が収集した情報と合わせてそれらしく分析結果としてでっち上げ、舌先三寸で他の艦隊の艦長達や前線基地の司令を言いくるめたのだ。

馬鹿正直に風の噂《うわさ》で聞きましただとか、傭兵《ようへい》から聞きましただとか言う必要などはない。結果的にそれが彼という情報源を守ることにも繋《つな》がる。

「結晶生命体への初期対応は問題なさそうですね」

厚めに配置しておいた快速のコルベットが作戦通りに結晶生命体――ガーディアン・クリスタルの注意を引きつけている。すぐに傭兵達の小型船も戦線に加わり始め、傭兵達の擁する中型船や大型船は既に砲撃を始めている。帝国航宙軍の船も一斉砲撃の用意が進んでいる。

「はい。少佐の分析が見事に正鵠《せいこく》を射ていたようで」

「そうですね」

実際には私の分析ではなく、彼の情報なのだけれど。まぁ、結果が出る分には問題ない。この作戦が瑕疵《かし》なく成功すればそれは私の功績となる。

『こちらクリシュナ。前線を迂回して敵集団の横っ腹に突っ込む。反応弾頭魚雷を使って敵を引きつけるから、爆発に巻き込まれないよう注意してくれ』

彼がオープンチャンネル通信でそう呼びかけ、自艦の位置と突入コース、それに反応弾頭の炸裂範囲などのデータを共有してくる。

「相変わらずですな」

「銀剣翼突撃勲章は伊達《だて》じゃないってことね」

彼の船――クリシュナが結晶生命体の群れに横から突っ込んでその内部を食い破っていく。彼はあの群れを突っ切るだけでなく、突っ切りながら結晶生命体に激しい攻撃を加えているらしい。

しかも、速度が尋常ではない。突入してから殆《ほとん》どスピードが落ちていないというのが彼の操縦技術が神業の域であることを証明している。一体どのような訓練を積み、どれだけの死線を潜《くぐ》ればあのような傭兵が誕生するというのだろうか。

「標的データの同期完了しました！」

「彼が敵を引きつけてくれているうちに叩き潰《つぶ》しましょう。同期砲撃、開始」

「アイアイマム！　同期砲撃、開始します！」

帝国航宙軍の全艦が砲撃目標が被《かぶ》らないようにデータを統合し、完璧《かんぺき》に統制された一つの群れと化して同期砲撃を開始する。数多《あまた》の艦から一斉に放たれたレーザー砲撃が暗黒の宇宙空間を眩《まばゆ》く染め上げた。

「敵第一波、壊滅！」

「第二波、突撃した傭兵艦に殺到中！」

「彼の送ってくるデータを元に砲撃を。標的は彼が纏《まと》めてくれます。火力を集中しなさい。反応弾頭ミサイルはまだ温存します」

「アイアイマム！」

前哨戦《ぜんしょうせん》はこれで決着がつくだろう。次が本番だ。

□■□

こちらに向かって回頭しようとするガーディアン・クリスタルの間をすり抜けながら至近距離で散弾砲をぶち込み、正面から突撃しようとしてくる小型結晶生命体を四門の重レーザー砲の乱射で撃破しながら結晶生命体のひしめく宇宙空間を突っ切る。

ガーディアン・クリスタルは誤射も厭《いと》わず光線や光弾で攻撃してくるが、クリシュナの堅固なシールドはそれらの攻撃を難なく受け止めている。

「シールド、まだ安定してるわ」

「奴らの光線は見た目ほど威力が高くないからな。光弾はそれなりに痛いが、弾速が遅いし狙《ねら》いも甘いから速度を出していればまず当たらん。危ないのは突進だけだな」

「それでも限界はあるけどね。徐々にシールド容量は削られているし」

「二人とも、この状況下で余裕ありますね……」

流石《さすが》にメインモニターから目を離せないから確認できないが、ミミの声には緊張感が色濃く滲《にじ》み出ていた。そりゃまかり間違って小型結晶生命体の突進を受けたり、ガーディアン・クリスタルの横っ腹に突っ込んだりしたら結晶生命体の間をピンボールみたいに跳ね回ることになるからな。

当然そうなったらシールドなんてすぐに消失するので、結晶生命体に突っ込まれて爆散するしかなくなる。まぁ、そんな凡ミスをするつもりはないけども。

「帝国航宙軍から砲撃予告データが送られてきました！　同期砲撃、来ます！」

ミミの言葉と同時にクリシュナの後方に強力なレーザー砲撃が多数着弾した。高出力のレーザー砲撃に晒《さら》されたガーディアン・クリスタルが激しい光を放ちながら蒸発し、爆散していく。流石に軍の戦艦、巡洋艦クラスのレーザー砲撃は威力が違うな。多少のレーザー耐性なんて屁《へ》でもないと言わんばかりの威力だ。

「凄《すご》い威力ですね」

「真正面から軍の戦艦や巡洋艦とは戦えない理由だな。張り付いてしまえばなんてことないんだが」

今の砲撃で敵意が帝国航宙軍艦隊のほうに向いたようで、クリシュナを狙うガーディアン・クリスタルの攻撃が途端に緩くなる。この隙を逃す俺ではない。即座に残りの反応弾頭魚雷二発を前方の結晶生命体の群れに発射し、反転して帝国航宙軍の同期砲撃で結晶生命体の群れに空いた『穴』に飛び込む。ターンの際に凄まじいGが襲いかかってくるが、こんなのはもう慣れっこだ。

「くっ……反応弾頭魚雷、炸裂しました！　結晶生命体、またこっちに来ます！」

「よし。引きずり回すぞ」

「楽になったわね」

反転して逃げ始めた俺達の前方は帝国航宙軍の砲撃のお陰でスカスカだ。この状態で後方から追ってくる結晶生命体から逃げ回るのは造作もない。速度ではクリシュナが圧倒的に勝っているからな。後ろから飛んでくる光弾をひょいひょい躱《かわ》しながら船を走らせるだけの簡単なお仕事である。

「同期砲撃、また来ます」

再びクリシュナの後方、大挙して押し寄せる結晶生命体達の横っ腹に帝国航宙軍の強力無比な同期砲撃が着弾する。攻撃目標が一切重複せず、最大の効果を上げられるように計算され尽くしたレーザー砲撃は残りの結晶生命体の大半を蒸発させ、爆散させた。これで残っているのは同期砲撃を逃れた僅《わず》かな数の結晶生命体の生き残りと、帝国航宙軍のコルベットや傭兵艦達と乱戦を繰り広げている結晶生命体だけである。

「乱戦に突入して殲滅戦に入るぞ」

「はいっ！」

「了解」

程なくして周囲の結晶生命体は殲滅された。

☆★☆

「お疲れさん。補給と整備に入るで」

「頼む。あと、また損傷を受けた傭兵艦が修理や補給を受けに来ると思うからそのつもりでいてくれ」

「わかりました、急ぎますね」

タラップから降りて整備士姉妹にそう告げ、ミミとエルマを引き連れて居住区画の食堂へと向かう。補給と整備の時間を利用して一服するためだ。

「まぁまぁ大変だったな」

「まぁまぁですか」

「まぁまぁだな」

「あれがまぁまぁで済むのはヒロくらいだと思うけどね。少なくとも私は無理」

各々テツジン・フィフスからドリンクを調達して一服する。あぁー、戦闘後の身体《からだ》に冷たいドリンクが染み渡る。最近のお気に入りフレーバーはレモン系だ。ミミはバナナ系、エルマはぶどう系のフレーバーが好みのようである。まぁ、果汁は0％なんだけどな！　ＨＡＨＡＨＡ！

え？　例の炭酸抜きコーラとかシエラⅢで買い込んできた炭酸飲料は飲まないのかって？

ああいうのはもっとこう、静かで、落ち着いて、心が平静な時に味わって飲むものだ。戦闘の合間に雑に味わうべきものじゃない。数が限られているしな。俺にとっては反応弾頭魚雷よりも大事なものだ。

一服していると、俺の携帯情報端末からコール音が鳴った。どうやらセレナ少佐からのコールのようだ。俺は端末を操作し、食堂のホロディスプレイに転送して通信を始める。

「はいどうも、ヒロですよ」

ホロディスプレイの向こうのセレナ少佐が一服している俺達を見回し、一呼吸置いてから口を開く。

『まずはおめでとうございます。またもや撃破数のトップエースですね』

「そりゃどうも。こっちも迅速な支援砲撃には助けられましたよ」

『しっかりお膳立《ぜんだ》てしてくれたお陰ですね。前衛との乱戦が本格化する前に敵がクリシュナに向かい始めたので、結果的に前衛の損耗も軽微で済みました。ありがとうございます』

「そいつは何よりで。で、何かありましたか？」

『いえ、トップエースに労《ねぎら》いの言葉をかけようと思っただけですよ。次は敵の本丸を叩きます。小型艦の補給を終え次第すぐに行動に移るので、そのつもりで』

「アイアイマム」

俺がホロディスプレイに向かって敬礼をすると、セレナ少佐は僅かに微笑《ほほえ》んでから通信を切った。

「……何だったんですかね？」

「さぁ？」

「うーん……何か企《たくら》んでいるのかしら？」

今までの行動から俺達に全く信用されていないセレナ少佐であった。会話の内容を思い返しても特に不審な点は見当たらないように思う。本当に活躍した俺に一言お褒めの言葉をかけるために通信をしてきたようだ。

「まぁ、お褒めの言葉は素直に受け取っておくということで」

「大丈夫でしょうか……？」

「流石に今の会話で何か企んでいることはないと思うけど」

あくまでも信用のないセレナ少佐である。普段の行動と印象って大事だな。

☆★☆

補給と簡単なチェックだけ終えた俺達はすぐにブラックロータスから発艦し、その後は傭兵艦が次々にブラックロータスへと着艦しては補給と整備を終えて発艦していくのを見守る。

「被害は軽微ってセレナ少佐が言っていましたけど、結構損傷を負っている艦が多いですよね」

クリシュナのメインモニターには装甲表面が削れ、一部結晶化している傭兵の船が何隻か映っている。

「小型結晶生命体の突撃を食らったんだろうなぁ。奴《やつ》ら、射撃攻撃を持っていない代わりに突進攻撃の攻撃力だけは高いから。シールドを二発か三発の突進で割ってくるからかなり危ないんだよ」

本来小惑星というか超光速ドライブ時にスペースデブリとの衝突から船体を守る役割を果たすシールドというものは物理的な接触に対する耐性がかなり高い。しかし、小型結晶生命体の突撃は容易にシールドを割ってくる。先端が激しく光っているので、何か仕組みがあるんだろうと思うがS

ＯＬでは特に解説がなかったので、詳細はわからないんだよな。多分散弾砲の砲弾と同じくシールドを大幅に中和する仕組みがあるんだろうと思うけど。

ちなみに、散弾砲の砲弾の対シールド性能は距離が開くと急激に減衰する。至近距離以外で撃っても「散弾ではなぁ！」と敵に言われるのがオチだ。

「ヒロ様は避《よ》けてましたよね」

「速度はそこそこだけど、奴らは小回りが利かないからな。立ち回り次第でなんとかなる」

多方向から一斉に突撃されると危ないけどな。まぁ、その時は速やかに包囲網を食い破って囲いの外に出るしかない。もしシールドがダウンした状態で複数回の突進を受けたら船体は保《も》たないだろう。ちなみに、装甲の侵食はＳＯＬのゲーム内処理としては継続ダメージと物理防御力の大幅な低下という形で実装されていた。結晶化した部分は著しく脆《もろ》くなるという設定だ。

と、小型結晶生命体の話をしていると広域通信が入ってきた。

『対結晶生命体特別艦隊司令、ギル・フォークスだ』

広域通信の発信源は艦隊のトップからであった。恐らく、出撃前の訓示のようなものだろう。

『補給と最低限の整備はあと十五分で完了する予定だ。完了後、我々はイェーロム星系のアルファセクターに存在する超大型結晶生命体、仮称マザー・クリスタルの討伐へと向かう』

メインモニターに戦場を模した広域３Ｄマップが投影される。

『マザー・クリスタル討伐戦は基本的に遠距離砲撃で全《すべ》てを済ませる予定だ。敵の数は多いが、シールドに相当する能力は持っておらず、防御力は脆弱《ぜいじゃく》である。更に射撃攻撃の射程も短く、帝国航宙軍の戦艦や巡洋艦の放つ長距離砲撃に対応することは不可能だ』

３Ｄマップ上に配置された帝国航宙軍艦隊が砲撃で結晶生命体に攻撃し、その勢力を減耗させていく様子が表示される。

『しかしながら敵の数が多く、接近を許す可能性はゼロではない。駆逐艦以下の遠距離砲撃能力を有しない小型艦は、砲撃を潜り抜けてきた敵勢力の迎撃を担当してもらう』

「どう思う？」

「まぁ妥当じゃないか？　少なくとも敵の特性をちゃんと理解して立てた作戦だとは思うよ。敵の数も既に観測して確定しているだろうし、その上で立てたプランなら間違いないだろ」

軍人が行き当りばったりで戦いをするとは思えない。彼らは戦闘のプロだ。敵の情報を収集し、分析し、勝ち筋を立ててから行動に移る。彼らがそれで勝てると判断している以上は勝てるのだろう。不意の遭遇戦や想定外の要因がない限りは攻撃側の勝ちは基本的に揺るがないものだ。歌う水晶を艦隊のど真ん中にぶち込まれるとかな。

「ヒロがそう評価するならひとまずは安心ね。次も突っ込むの？」

「状況次第だな。むやみに突っ込んで味方の射線を塞《ふさ》いだりしたらことだし、おとなしく防空戦闘をしていたほうが良いと思う。流石にマザー・クリスタル相手だとクリシュナじゃ火力不足だしな」

至近距離まで近づくことができれば対艦反応弾頭魚雷を四発叩《たた》き込《こ》んでワンチャンないこともないが、そんな危険なことをするくらいなら素直に味方の砲撃に任せたほうが良い。流石に今回ばかりは俺達の出る幕はないだろう。

「次の戦闘はハイパーレーンから出てきた時と違って交戦距離をこっちから選べる。一方的な展開になるんじゃないか？」

ＳＯＬではレイドバトルコンテンツとして常に緊張感のある戦場設定がされていたが、現実世界であるこの世界においてはわざわざリスクのある近接戦をやる必要なんてないからな。アウトレンジから一方的に叩いて終わりだろう。

「じゃあ、次の戦闘は殆《ほとん》ど観戦するだけで終わるってことですか？」

「多分な」

☆★☆

凡《およ》そ三十分後。艦隊は超光速ドライブ状態を解除し、射撃位置に着いていた。

「うわぁ……大きいですねぇ」

「大きいわね……」

「ちょっとした小惑星並みの大きさだよな」

遥《はる》か彼方《かなた》に見えるマザー・クリスタルを見て各々感想を漏らす。ブラックロータスのセンサーを介して結晶生命体の動きをモニターしているのだが、この距離でもこちらに気づいているのかガーディアン・クリスタルや小型結晶生命体が艦隊に向かって動き始めているのが察知できていた。

『各艦攻撃開始！』

艦隊司令の号令と共に帝国航宙軍艦隊が遠距離砲撃を開始する。何十条もの大口径レーザー砲撃が結晶生命体達に向かって発射され、レーザーを照射された結晶生命体の群れが遥か彼方で激しく発光する様子が見える。ブラックロータスも艦首大口径電磁投射砲を展開し、砲撃を――えっ？

「メイ、この距離から当たるのか?」

『はい。標的の数が多いですから』

ギャオォォン、とでも表現すれば良いのか、独特の砲撃音を上げながらブラックロータスの艦首大口径電磁投射砲から砲弾が発射された。着弾まで何秒かかるのかはわからないが、メイのことだから無駄なことはしないだろう。

「すごいですね、こんな距離から当たるんですね」

「レーザーならともかく、EMLは普通当たらないからな」

いくらEMLの弾速が通常のマルチキャノンや実体弾砲に比べて速いとは言っても、光速で着弾するレーザー砲とは比べるまでもない。空気も重力もない宇宙空間では威力の減衰はそうそうするものではないが、弾道を曲げる要因が皆無というわけでもない。小型艦同士が戦うような近距離戦では気にするようなものではないが、このような長距離砲撃では弾道の僅かなズレが着弾地点——地点? とにかく命中する場所を大きく変えてしまうのだ。

「流石《さすが》は陽電子頭脳を搭載した機械知性ということなんだろうか。こんなの相手に戦争をした昔の帝国はよく滅びなかったたな」

「そうですね」

「あー、うん。そうね」

ミミは素直に俺に同意し、エルマはなんだか含みのある同意をする。実際には滅びなかったのではなく、滅ぼされなかったというのが正解なのだろうか。正解なのだろうなぁ。

そんなことを考えている間に帝国航宙軍と一部傭《よう》兵《へい》艦の容赦のない砲撃が続き、ガーディアン・

クリスタルがどんどんその数を減らしていく。ただ、小型結晶生命体は砲撃の間をすり抜けて徐々に接近してきているようだ。

「これはガーディアン・クリスタルはともかく、小型には抜けられるな」

「前に出る？」

「そうだな、コルベットと駆逐艦を中心に戦線を形成することになるだろうから前に出ておこう」

「メイさんに通信を入れておきますね」

ミミがメイに連絡を入れるのを聞きながらクリシュナのスラスターを噴かして艦隊の前方に展開する駆逐艦を中心とした迎撃部隊に加わる。

『お、銀剣翼突撃勲章のトップエース様のお出ましだ』

『十分功績は稼いだだろ？　譲ってくれても良いんだぜ？』

「稼げる時に稼げるだけ稼ぐのが傭兵ってもんだろ？　後ろに引っ込んでるのは性に合わないしな」

『後ろに引っ込んでるのが性に合わないってのは納得だな』

『実際何度も敵に突っ込んでるしな。クレイジーにも程があるぜ』

『付き合わされる嬢ちゃん達が可哀想《かわいそう》だぜ』

『そんな奴見限って俺のところに来ても良いんだぜ？』

『おい抜け駆けすんな。俺のほうが稼いで――』

「人の女に粉かけようとしてんじゃねぇよ。ぶっ殺すぞ」

『『すみませんでした！』』

軽口は構わないが、それは流石にＮＧだ。これで何も言わなかったら舐《な》められるだろうしな。

「人の女、ね」

「えへへ」

二人の反応で咄嗟《とっさ》に大胆なことを言ってしまったと気づいたが、後の祭りである。

「……」

「自分の言ったことで恥ずかしがってるわ」

「可愛《かわい》いですね」

「うるさい気が散る。一瞬の油断が命取り」

「まだ敵は遥か彼方よ」

ぐうの音も出ない反論であった。


迎撃戦開始まで、あと十二分。

☆★☆

虚空に浮かぶ数多《あまた》の巨船から巨大な光の槍《やり》が放たれ、結晶生命体が激しく輝いて蒸発しながら爆散し、消滅していく。更に巨船の各所から飛翔《ひしょう》体が多数発射され、光の尾を引きながら結晶生命体の群れに突き進み——着弾地点に巨大な火球が多数発生した。

艦対艦反応弾頭ミサイルが有効な迎撃手段を持たない結晶生命体に牙《きば》を剥《む》いたのだ。大型反応弾頭の炸裂《さくれつ》によって解き放たれた猛烈な熱量と衝撃が結晶生命体の前衛を消し飛ばしていく。

「クリシュナに積んでいる反応弾頭魚雷よりも随分と威力が高くないですか？」

「炸薬《さくやく》量が違うからな。デカいは強いだ」

「なるほど」

実際に反応弾頭に積まれているのは炸薬などではなくもっとヤバいものらしいが、ミサイルがデカいからクリシュナの装備している対艦反応弾頭魚雷よりも威力が大きいというのは本当だ。

これはレーザーに関しても同じで、クリシュナに装備されている重レーザー砲の威力というか出力は帝国航宙軍の重巡洋艦が装備しているものとほぼ同じである。ただ、帝国航宙軍の重巡洋艦に装備されているレーザー砲のほうがより大口径で、射程を伸ばすための各種装備がふんだんに投入されているためにクリシュナの重レーザー砲よりも遥かに射程が長いのである。こちらもミサイルと同じで結局のところ、デカいは強いなのだ。

「でも、やっぱりこれは抜けてくるわね」

レーダーに表示されている敵の光点を見ながらエルマが呟《つぶや》く。そりゃ数百、数千の小型結晶生命体を砲撃だけで潰《つぶ》すのは無理だろう。こればかりは仕方ない。

「観戦モードはここまでだな。行くぞ。ジェネレーター出力、戦闘モード」

「アイアイサー。ヘマしないでよ？」

「あったりめぇよ」

こうして長い長い戦いが始まった。

☆★☆

『クソッ、数が多すぎだってんだよ！』

『上から来るぞ！　気をつけろ！』

『ああっ！　ジャン・レイがやられた！』

傭兵達の賑《にぎ》やかな戦場通信を聞きながら、俺は黙々と小型結晶生命体を迎撃する。

四門の重レーザー砲でそれぞれ違う目標を貫き、真正面から迫る小型結晶生命体は大型散弾砲で粉砕する。死角から突撃してくる小型結晶生命体を躱《かわ》す。常に視界の端に近接３Ｄレーダーを捉《とら》えておくのが回避のコツだ。

『あの動き見ろよ。後ろに目ン玉でもついてんのか？』

『あんな高性能艦があれば俺だって……』

『いや無理だろ。艦の性能だけでああはならんわ』

「この乱戦で結晶生命体の体当たりを一発も受けないのは素直に脱帽だわ」

「ヒロ様の空間把握能力ってどうなってるんでしょうね？」

戦場通信だけでなく隣からも暢気《のんき》な会話が聞こえるが、数千時間を軽く超える練磨の末に今の俺があるのだ。既に一連の動きというか思考というか戦闘行動が身体《からだ》に染み付いているから簡単そうに見えるだけで、ここに至るまでには我ながら涙ぐましい努力を積み重ねたのである。

初期の頃《ころ》は金を稼ごうとして爆散、金を稼いで新しい機体に乗り換えて爆散、新しい機体の購入費用のために前の船を売ってしまっていたので、修理費を稼ぐために初期機体の座布団で金を稼ごうとして爆散……そんな感じで何度も爆散したもんだな。流石に両手の指の数ほども爆散したら爆散せずに済む立ち回りってのを覚えたが。

とにかく俺は負けず嫌いで諦《あきら》めの悪い男なので、ひたすらに練習をした。工夫もした。国内、海外を問わず戦術フォーラムを覗《のぞ》いたりもしたし、動画を見たりもした。そんな弛《たゆ》まぬ努力の結果、今の俺があるのだ。

そんな努力が回り回ってこういう風に役立つとは俺も思っていなかったが、結果的にヨシ。

「戦況は？」

操船に集中しながらミミに戦場全体の戦況を尋ねる。

「他のエリアから後方に小型の結晶生命体が漏れていますが、後衛の近接防御で対応できているようです。ガーディアン・クリスタルの排除率70％、間もなく排除が完了しそうです」

「少なくなればなるほど排除スピードは上がるものね」

数が少なくなればなるほど火線が集中することになるからな。ということは、このまま時間を稼いでいれば勝ちは揺るがないか。

「もうひと踏ん張りだ」

そろそろ散弾砲の残弾が半分を切りそうなのが心配だが、突出しすぎなければ問題あるまい。ある程度突出しないと味方の被害が拡大するから、匙《さじ》加減が難しいんだよな。

「ヒロ様！　敵集団が左舷《さげん》から接近中です！」

「了解」

長距離レーダーで捉えた情報をミミが教えてくれる。突出したせいで隣のエリアからも釣られてきたらしい。クリシュナを回頭させて敵集団を正面に捉える。

□■□

「間もなくガーディアン・クリスタルの排除が完了します」

「排除を完了次第予定座標に移動。多角包囲攻撃を開始」

「アイアイマム」

全艦隊でリアルタイムで共有される戦術情報に視線を向け、戦況の推移を見守る。ガーディアン・クリスタルの排除は順調で、抜けてくる小型結晶生命体に関しても想定の範囲内で問題なく対応できている。

特に彼のいるエリアは抜けてくる数が少ない。さっきチラッと彼の撃破数を見てみたが、他の傭兵に比べて頭一つや二つ抜けているどころではなく、防空戦闘能力に長《た》けた駆逐艦並みに小型結晶生命体を撃破している。

「例の彼は本物ですな」

「そうですね」

素直に頷《うなず》いておく。銀剣翼突撃勲章を与えられるほどの傭兵なのだから当然といえば当然なのだけれど。これくらいやってくれれば帝国航宙軍の評価が疑われることもないだろう。

イズルークス星系に彼が現れてから今に至るまでの彼の戦績と戦闘データは帝国航宙軍によって

記録されている。公式戦果としてしっかりと記録に残るので、今後は彼も仕事をやりやすくなるに違いない。相応に面倒事も増える可能性があるが、それは有名税のようなものだ。

「新しいプラチナランカーになりますかね？」

「それは傭兵ギルド次第ですが、可能性はありますね」

生きて銀剣翼突撃勲章を得ることになった彼には注目が集まるようになる。傭兵ギルドとしても新たなプラチナランカーの登場は望むところだろうし、帝国航宙軍も後押しとまでは行かなくとも拒否反応を示すことはしないだろう。

「ガーディアン・クリスタル、排除完了！」

「よろしい。では作戦を次のフェイズに進めます。指定座標に移動後、同期砲撃開始」

「アイアイマム！」

作戦の大詰めを迎えたレスタリアスが指定座標への移動を開始する。

□■□

「圧力が減じてきたな」

「ガーディアン・クリスタルを撃滅した戦艦、巡洋艦がマザー・クリスタルの包囲を始めました。小型結晶生命体もそれで散っているみたいですね」

「ちっ、不味《まず》いな」

つまり戦線が広がって前衛をすり抜け始めているわけだ。もう少し小型結晶生命体の数も砲撃で減らしてから包囲を始めたほうが良いんだが、そんな細かいところまでは俺も伝えなかったからな。

このまま放置してもこちらの勝ちは揺るがないと思うが、放置すれば後衛に被害が出るのは必至だ。

「仕方ない。ミミ、超光速ドライブ起動」

俺はそう言いながらウェポンシステムをオフにした。ウェポンシステムを起動して武装を展開しているると超光速ドライブが使えないからな。

「えっ？」

「良いから起動だ」

「は、はいっ！　超光速ドライブチャージ開始。カウントダウン、5、4……」

キイィン、という超光速ドライブのチャージ音を聞きながら俺は艦首をマザー・クリスタルから明後日《あさって》の方向へと向ける。

「ちょ、ちょっと、ヒロ？」

『お、おいっ！　お前どこに――――！』

『てめぇ、逃げる――――！』

横から聞こえてくるエルマの困惑した声とクリシュナが超光速ドライブを起動したことを察知した傭兵《ようへい》達の声を聞き流してミミのカウントに集中する。

「3、2、1、起動！」

ドドォン！　と凄《すさ》まじい轟音《ごうおん》が鳴り響き、超光速ドライブが起動――した瞬間、俺は超高速ドライブを解除して通常空間に帰還した。轟音が殆《ほとん》ど重なって二重に聞こえたな。

「ミミ、超光速ドライブ再チャージ開始」

「は、はいっ！　再チャージ開始します！」

艦首を遥《はる》か彼方に見えるマザー・クリスタルへと向け、再度超光速ドライブの起動をミミに指示する。一度明後日の方向に短時間超光速航行をすることによってマザー・クリスタルと前衛部隊との間に展開している小型結晶生命体の群れを迂回《うかい》し、再度超光速航行でマザー・クリスタルの至近距離に移動するのだ。まぁ、巨大目標に対する単騎駆け用テクニックの一つだな。

流石《さすが》にマザー・クリスタルの直近まで接近すれば、広範囲に広がって後衛に迫りつつある小型結晶生命体も、クリシュナを迎撃するために引き返してくる。結果的にクリシュナはマザー・クリスタルと小型結晶生命体に挟まれる形となるが、まぁなんとかなるだろう。

「超光速ドライブチャージ、カウント5、4、3、2、1……起動！」

再びほぼ重なった轟音が鳴り響き、俺達の目の前に超巨大な結晶製のイガグリかウニみたいな物体が現れた。

「お、大きい……！」

「これは……」

「絶句してる暇はないぞ！」

すぐさまウェポンシステムを再起動し、最大出力でスラスターを噴かしてマザー・クリスタルへと接近する。さぁ、最終ラウンドの開幕だ。

☆★☆

「どうすんのっ⁉　どうすんのよこれっ⁉」

「そりゃおめぇ、死なないように必死で生き残るんだよっ！」

巨大というのも烏滸《おこ》がましい結晶製のウニ。その巨大なウニに無数に生える棘《とげ》の表面が凄まじい勢いで爆《は》ぜ、飛び散った欠片《かけら》――つまり小型結晶生命体がクリシュナに向かって殺到してくる。

「か、加速度的に敵影が……！」

「はいどーん！」

ミミの言葉通り、加速度的にその数を増やしつつある小型結晶体の群れに即座に対艦反応弾頭魚雷をぶち込む。至近距離まで近づいてきた外敵に対し、マザー・クリスタルはとにかく初手で物量を叩《たた》きつけてくる。そんな攻撃を叩きつけられるこちらに取れる手は一つ。押し潰される前に広範囲攻撃で薙《な》ぎ払《はら》うことだ。

あと、対艦反応弾頭魚雷をぶち込むことによってついでにマザー・クリスタルの敵意を引きつけ、後衛に向かいつつある小型結晶生命体を呼び戻させつつ、できる限りマザー・クリスタル本体から小型結晶生命体を引きずり出そうという魂胆もある。

マザー・クリスタルが無数の小型結晶生命体を放ってくるとは言っても、それは無限にというわけではない。何故《なぜ》なら、小型結晶生命体もまたマザー・クリスタルの一部に他ならないからである。

つまり、小型結晶生命体はマザー・クリスタルの装甲であり、船体でもあるのだ。近場の脅威を排除するために放てば放つほど、遠距離から火力を投射してくる戦艦や巡洋艦の攻撃に脆弱《ぜいじゃく》になり、ともすれば破壊的かつ致命的な一撃を受ける確率が上がるわけだ。

「魚雷着弾！」

二発の対艦反応弾頭魚雷がマザー・クリスタルの巨大なトゲに着弾し、小さくない大きさの火球を発生させて小型結晶生命体ごと巨大なトゲの先端を消滅させる。

これがトゲとトゲの間に潜り込み、結晶の中心まで届けば文句なしの会心の一撃なのだが、まぁ今は狙《ねら》っている余裕がないな。小型結晶生命体を重レーザー砲と大型散弾砲で蹴散《けち》らしながらでは精度の高い攻撃はあまりに難しい。同じように突撃をかました僚艦が十隻ほどもいればまた話も違うだろうが。

「ヒロ様！　砲撃が来ます！」

「了解！」

間違っても味方の砲撃に巻き込まれるわけにはいかないので、砲撃の着弾地点になり得ない方向に回り込む。既にザワザワと砲撃に抗《あらが》うために巨大な針が動き始めている。一体どのような術理をもって攻撃を受ける前に防御行動に移っているのだろうか？　意思の疎通ができないだけで、案外マザー・クリスタルは高度な知能を持っているのかもしれないな。

などと考えながら一心不乱に突撃してくる小型結晶生命体をいなしている間にそれは来た。巨大な針を密集させて作られた分厚い装甲が激しい光を放ちながら溶け、爆ぜて空間を震わせたのだ。

「あれでビクともしないって本物の化け物ね」

「ピクリとも動いてないのが凄《すご》いよな。一体どういう原理なんだ？」

あれだけの出力の大量のレーザーを無重力空間で一方向から叩きつけられ、結晶部分が蒸発して爆発したのだ。普通に考えればいかなる巨大質量を持とうとも爆発の衝撃で動き出しそうなものだが、マザー・クリスタルはまるで宇宙空間にピンで留められているかのように微動だにしていない。スケールがデカすぎて動いているように見えないのではなく、本当にピクリとも、一ミリたりとも動いていないのだ。謎の技術だな。もし原理を解明して人為的に再現できるようになったら一財産どころじゃない金になりそうな案件だ。

「この調子で砲撃を続けさせれば――」

いずれ倒せるだろう、と言おうと思った瞬間、レーザー砲撃を受けて激しく損耗したマザー・クリスタルの密集トゲ装甲、その中心に超高速で飛翔《ひしょう》してきた何かが突き刺さり、激しく結晶を撒《ま》き散《ち》らした。

『KHYAAAAAAAAAAAAA！』

ガラスを爪で引《ひ》っ掻《か》いたかの如《ごと》き不快な音が鳴り響き、思わず耳を塞ぎたい衝動に駆られる。そんな中でも操縦桿《そうじゆうかん》を手放さなかった俺は褒められても良いのではなかろうか？

「くっ、何が……!?」

「わからんが、何か相当効いてるようだな」

マザー・クリスタルが激しく明滅し、ざわざわと無数の棘を激しく蠢《うごめ》かせている。ストレートに気持ち悪い。なんか虫の裏側みたいで背筋に悪寒が走る。

恐らくだが、先程マザー・クリスタルに突き刺さった一撃はブラックロータスの大型電磁投射砲の一撃ではないかと思う。帝国航宙軍の船で実体弾砲を装備した船はパッと見では見当たらなかったし、ブラックロータス以外の傭兵の船でここまで届きそうな武装を装備している船も見当たらなかった。

「うぅ……こ、小型結晶生命体の動き、おかしくなってますぅ」

先程の不快な音が相当効いたのか、ミミが半べそをかきながらも状況を報告してくれる。多分今の一撃を受けて、砲撃をしてきている後衛に戦力を向かわせようとしているのだろう。

注意が逸《そ》れたならこちらも悪さをするまでだよなぁ？

「悪い顔してるわねぇ」

「心外な」

クリシュナのスラスターを最大出力で噴かしてマザー・クリスタルに突っ込む。何故こんなチキンレースじみたことをしているのかと言うと、対艦反応弾頭魚雷の飛翔速度に機体の速度を乗せるためだ。本来対艦反応弾頭魚雷の速度は遅く、当てづらいものだが、このテクニックを使えば鈍重な対艦反応弾頭魚雷の速度に大幅に下駄を履かせることができるのである。

「いけっ！」

ザワザワと不規則に蠢くトゲの隙間《すきま》を狙って残り二発の対艦反応弾頭魚雷を射出し、急速回頭して離脱する。これで勢い余って突っ込んで百舌鳥《もず》の早贄《はやにえ》状態になったら格好がつかないな。

「ひえぇ、ギリギリ……」

「心臓に悪いわね!?」

ホッとした声やら文句やらが聞こえてくるが、そんなものは聞き流して回頭し、戦果を確認する。

「お？　これは……？」

なかなか爆発しないのでもしや不発か？　と不安になったが、安心と信頼の帝国製品は如才なくその機能を全うしたようだ。

『Gy――――！』

ぶるり、と今まで微動だにしなかったマザー・クリスタルがその巨体を震わせたように見えた。同時に、強力なノイズのようなものが耳というよりも脳髄を突き抜けていく。

「ぐおっ⁉」

「ぐぃっ⁉」

「ぎっ⁉」

あまりの衝撃に思わず仰《の》け反《ぞ》った。脳味噌《のうみそ》に棒を突っ込んで掻き回されたような怖気《おぞけ》の走る感覚に、胃の腑《いふ》から酸っぱいものがこみ上げてきそうになる。なんだおい。精神攻撃めいた何かか？と目を白黒させている間にマザー・クリスタルに激烈な変化が起こっていた。無数の巨大なトゲの奥に見えていた光が消え失《う》せ、まるで活力を失ったかのようにその身がばらばらになり始めたのだ。どうやらこれは俺の放った対艦反応弾頭魚雷がマザー・クリスタルにとっては運悪く、俺達にとっては運良く最奥のコアにまで届いたらしい。致命的一撃《クリティカルヒット》というやつだ。

「仕留めたかな」

「そう、みたいね」

「小型結晶生命体も活動を停止していますね」

ミミにそう言われて確認してみると、確かにあれだけ飛び回っていた小型結晶生命体もその活動を停止しているようだった。実際には飛び回っていた勢いそのままであちこちにかっ飛んでいっているのだが、方向転換する気配がまったくない。

「案外呆気《あっけ》なかったわね」

「そうですね」

「ふぅむ……」

いくらコアに直撃したといっても、流石に対艦反応弾頭魚雷が二発直撃したくらいでくたばる耐久力じゃなかったと思うんだが……良くも悪くもＳＯＬではゲーム的な処理がされていたってことだろうか？　考えても答えは出そうにないな。

「人間も脳なり心臓なりを潰《つぶ》されれば死ぬし、それは結晶生命体も同じってことなんだろう。多分」

「そう、なんですかね？」

「まぁ、道理かしら。強力な戦艦だってジェネレーターを撃ち抜かれれば轟沈《ごうちん》するんだし」

何はともあれ仕留められたのは良いことだ。危険を冒した甲斐《かい》があったってもんだな。

と、思っていると広域通信ではなく個別通信が入ってきた。ミミに指示して通信を確立させる。

画面に大映しで映っているのは頬《ほお》を引《ひ》き攣《つ》らせているセレナ少佐の顔であった。

『ごきげんよう、キャプテン・ヒロ』

「あ、はい。ごきげんよう？」

ただならぬ雰囲気を醸し出すセレナ少佐の優雅な挨拶《あいさつ》に若干引きながら挨拶を返す。

あれ？　なんだか怒ってません？

『とりあえず、そのツラをレスタリアスにお出しになりやがっていただけるかしら？』

「アッハイ、スグイキマス」

有無を言わせぬ雰囲気に即答すると、彼女はすぐに通信を切った。

「……あれ？　これ怒られるやつ？」

「さぁ？」

「えっと……わかりません」

首を傾《かし》げるエルマと不安そうな顔をするミミ。

何がいけなかったのだろうか？　と首を傾げながら俺は超光速ドライブを起動し、セレナ少佐が待っているであろう戦艦レスタリアスへと向かうのであった。

☆★☆

「まずは大金星、おめでとうございます」

「アッハイ」

にこぉ……と正に『貼り付けたような』と表現するべき笑顔をセレナ少佐に向けられて思わず直立不動になる。

ここは戦艦レスタリアス――にあるセレナ少佐の執務室である。マザー・クリスタルがその機能を停止したことによって結晶生命体達は全《すべ》てその活動を停止し、既に戦闘そのものは収束している。

今は各艦『戦利品』を回収したり、様々なデータを取ったりしているところだ。何を隠そうこのレスタリアスもばらばらになったマザー・クリスタルのすぐ傍《そば》にまで移動してきている。

「えっと、セレナ様。何故《なぜ》ヒロさ――キャプテンは呼び出されたのでしょうか？」

流石《さすが》にプライベートではない状況で貴族で帝国航宙軍の少佐であるセレナ少佐と俺を同じ『様』付けで呼ぶことが躊躇《ためら》われたのか、ミミが俺のことをキャプテンと呼ぶ。地味に初めてかもしれない。

「そうね、呼び出した理由としては命令無視、敵前逃亡、危険行為などがそれに当たりますけれど、傭兵《ようへい》をいちいちそんなことで呼び出したりは致しません。ええ、致しませんとも。帝国航宙軍の軍人ではないので処罰もできませんしね」

ズモモモモ……と謎の効果音が鳴りそうなほど闇《やみ》のオーラめいた気配を撒き散らしながらセレナ少佐が笑顔を向けてくる。こめかみの辺りがピクピクしてる！　コワイ！

「ところでミミさん。自分で色々と苦労しながらお膳立《ぜんだ》てをして、それが成就するというその寸前に横から成果を掻っ攫《さら》われたら貴方《あなた》はどう思います？」

「え、えぇっと……よ、よくもやってくれたな？　とか？」

セレナ少佐に矛先を向けられたミミが小動物のように震えながらそう答える。セレナ少佐はその答えに満足そうに頷《うなず》いて笑みを深めた。

「ええ、ええ、そうでしょう。ソースを明かせない不確かな情報を私が分析したデータという形にでっちあげ、それを使って綿密な根回しを行い、綱渡りのような思いを何度もして結晶生命体の討伐艦隊を立ち上げ、多少の犠牲は出しつつも順調に敵の首魁《しゅかい》であるマザー・クリスタルへと刃《やいば》を届かせかけたその瞬間に手柄を横から掻っ攫われた私がそう思っても不思議はないですよね？」

「ヒェッ……」

徐々にヒートアップしたセレナ少佐がどんどん早口になっていく様子を見て震える。

「一応ね？　あのままだと後衛に被害が出そうだから、ちょっと裏技的に超光速ドライブを使って距離を詰めてね？　マザー・クリスタルにちょっかいをかけて小型結晶生命体を引きつけようと思ったのですよ？」

「それがどうしてああなったんですか……？」

「ええと、俺の幸運、セレナ少佐の不運、そういったものが積み重なったんじゃないかな？　おおっとステイ！　ステイ！　剣の柄《つか》から手を離してステイ！」

ガタッ！　と立ち上がって剣の柄に手をかけるセレナ少佐に向かって両手の平を見せてなんとか宥《なだ》めようとする。くっ、メイを連れてくるべきだったか。

「じゃれるのはそのくらいにしなさいよ……それで、本題は？」

事態に全く動じることなく、エルマがそう切り出す。本題って俺に恨み言を言うことじゃないのか？

「……はぁ」

エルマの突っ込みにセレナ少佐は気が抜けたように溜息《ためいき》を吐《つ》き、力なく執務机の椅子に腰を下ろした。つい今まで俺を斬り捨てんと言わんばかりだったあの気迫はどこへ行ったのか。

「まぁ、大金星を上げた貴方を今回の討伐に引き入れたのは私ですからね。それに、大将首は貴方に取られてしまいましたが私の立案した作戦自体は上手《うま》く行きました。目的は達成できたので、先程のアレは純粋に手柄を横から掻っ攫われたことに対する私の意思表明です」

「前線を抜けていった小型種から後衛を助けたいという一心での行動だったので許してくれ」

「ええ、許しますとも。敵前逃亡についてはクリシュナの戦闘データとレスタリアスを始めとした戦艦の観測データで潔白が証明されていますしね。何より貴方は大将首を挙げた勇士ですから」

あれ？　嫌な予感がするぞ？

「信賞必罰という言葉もあります。ああ、少し前にもこの話はしましたね？」

セレナ少佐はそう言いながら執務机のコンソールを操作し、ホロディスプレイを立ち上げて何かを表示した。見た感じ、勲章のようである。この前貰《もら》った銀剣翼突撃勲章と似たような雰囲気だが、色が違う。まず色が銀色ではなく金色だ。そして形が違う。宝石のような赤い丸い石を中心に十字が刻まれ、更にその後ろから後光のように銀色の筋が走ってメダルのようになっている。

「高そうですね」

「まぁ、そうですね。これは一等星芒《せいぼう》十字勲章といいます。一般的にはゴールドスターと呼ばれていますね。ご存知《ぞんじ》ですか？」

「ご存知でないです」

ミミとエルマに視線を向けると、ミミは目を見開いてこれでもかと言うほどに驚いており、エルマは苦虫を数匹まとめて噛《か》み潰したかのような苦い顔をしていた。二人は知っているらしい。

「キャプテン以外の二人は知っているようですね。この勲章は戦闘において多大なる戦果を挙げた人に与えられる勲章で、事実上いち兵士に与えられるものとしては最上位のものとなります。傭兵に授与されることは非常に稀《まれ》で、もし与えられれば帝国史上、貴方で四例目になります」

「へ、へぇ……史上四人目かぁ」

流石の俺でも帝国史上、傭兵に授与されることが四例目という事情の重さは理解できる。

「まだ決まったわけではありませんが、今回の戦役における一連の活躍に加え、今まで未知の怪物であった結晶生命体の首魁に止《とど》めを刺した戦功、これらを勘案すれば授与される可能性が十分にあります。もしゴールドスターを授与されなかったとしても、シルバースターは堅いでしょう」

そう言ってセレナ少佐は似たようなデザイン——銀色で石は青い——の勲章をホロディスプレイに表示してみせた。

「まぁ、我々——つまり結晶生命体殲滅《せんめつ》艦隊の上層部は恐らくゴールドスターになるだろうと判断していますが。何にせよ我々はあるがままの報告を上げるだけです」

「な、なるほど……それでその、俺達はイズルークス星系に帰ったら報酬を受け取ってそれでお役御免ですよね」

「ふふふ」

「ははは」

お互いに笑みを交わしているが、片やそれはもう楽しそうな笑みで、片や脂汗をだらだらと流している引き攣った笑みである。

ひとしきり笑いあった後、セレナ少佐がスンッと真顔になった。

「そんなわけないでしょう。私の艦隊と一緒に帝都まで同行してもらいます」

「ですよねー！」

そんな大層な勲章の授与がイズルークス星系のような辺境の前哨《ぜんしょう》基地で行われるとは思えなかった。恐らく正式かつ格式の高い場所でそれなりのセレモニーが執り行われるのではないかと予測していたが、どうやらその通りのようである。

「断固拒否したい……」

「我々の顔に泥を塗るおつもりで？」

「くそォ！　国家権力ぅ！」

自由な傭兵業と嘯《うそぶ》いても、実際のところは軍の下請けみたいなものである。俺みたいに宙賊退治を主な稼ぎとしているような手合は特にそうだ。傭兵ギルドは不当な軍の圧力からは俺を守ってくれるだろうが、ここで勲章授与のセレモニーに参加するのが嫌だからと突っぱねて軍の顔に泥を塗るような真似《まね》をした俺を守ってはくれないだろう。

「エルマさんエルマさん、私達帝都に行くことになるんですね。私、ホロで見て憧《あこが》れていたんです」

「そうね、流石に帝国の首都と言うだけあって物凄《ものすご》いわよ。政治と経済の中心地だからね」

絶望する俺の後ろでミミとエルマが楽しそうなやり取りをしている。君達は楽しそうだなぁ。

「でも、勲章授与のセレモニーにはクルーの私達も参加することになると思うわよ」

「えっ」

背後でミミが絶句する気配がする。そうか、ミミとエルマも道連れか。それはそれは……俺ひとりじゃないってだけでいくらか気が楽になるな。ははは。

「とにかくそういうことなので。ある程度調査をしたらイズルークス星系に帰還し、補給をしてすぐに帝都に向かいます。ああ、この前の約束も忘れていませんからご心配なく。イズルークス星系の前哨基地で用意してあるはずですからね。今回の件は帝国の威信を高めることになりますから、大々的に国民に向けて発表されるでしょう。貴方達は一躍有名人となり、貴方達自身が戦利品として持ち帰ってきた高品質な結晶はさぞ高値で売れるでしょうね。良かったですね」

そう言ってセレナ少佐がそれはもう楽しそうにニコニコしている。彼女はかねてから俺を帝国軍に勧誘していたので、今の状況が楽しくて仕方がないのだろう。恐らくこのままなし崩し的に自分の部下として取り込もうとしているに違いない。今回、俺がこの結晶生命体相手の戦役に参加したのだってセレナ少佐に誘われてのことだったからな。その辺りも利用して立ち回るつもりだろう。

「俺は軍に入るつもりはないですよ」

「ええ、わかっていますとも。無理矢理は良くないですからね。というか、貴方のような部下は正直あまり持ちたくないですし、軍規で雁字搦《がんじがら》めにすると貴方の良いところが死んでしまうのでしょう。それくらいは私も心得ていますよ。もう付き合いもそれなりに長いのですし」

セレナ少佐から意外な言葉が返ってきた。おや？　と俺は内心首を傾げる。

「とはいえ、私がそう理解するのと軍がそう思うかどうかは別の話です。帝都の貴族達がそう思うかどうかもですね。帝都では傭兵ギルドを大いに頼ると良いでしょう」

「……どういう風の吹き回しで？」

「あまり失礼なことを言うと個人的に折檻《せっかん》しますよ」

「失礼しました」

セレナ少佐が剣の柄をポンと叩《たた》いたので、直立不動になって敬礼をする。

「私からは以上です。船に戻って休んでください。くれぐれも逃亡など考えないように」

「イエスマム」

俺の返事にセレナ少佐は満足そうに頷いた。

「ところで少佐殿」

「なんですか？」

「約束の軍用兵器はどうなりましたか？　口約束でも約束は約束。守っていただかないと今後の関係に差し障りが出ますが」

「当然覚えています。ですが、ここで選ぶよりも帝都のほうが選択肢が増えます。どうせ帝都に行くのですから、あちらで選んだほうが良いでしょう？　選《よ》り取り見取りですよ」

「それは確かに」

「それではそういうことで。お互いに準備もあるでしょうから、解散です」

「アイアイマム」

大変に忙しそうなセレナ少佐に追い出されるようにして彼女の執務室を後にした。艦隊を預かる指揮官ともなれば色々と苦労が絶えないんだろうな。機会があったら憂さ晴らしでもなんでもお付き合いするとしますかね。

エピローグ

「流石はご主人様です」

ブラックロータスに戻り、セレナ少佐との一連のやり取りをメイに話して聞かせると彼女はそう言ってとても満足そうな表情をしてみせた。わずかに目尻《めじり》が下がり、口角がほんの少しだけ上がっている。とても微細な表情の変化なのだが、普段殆《ほとん》ど表情を変えない彼女からすればこれは大きな変化だ。

「あの一撃が綺麗《きれい》に入ったのもメイがＥＭＬを凄《すご》いタイミングで命中させてくれたお陰だけどな。帝国軍の同期砲撃の直後に着弾するようにタイミングを合わせたんだろう？」

「恐れ入ります」

いくらＥＭＬの弾速が実体弾砲の中では速いほうとは言え、レーザー砲撃の弾速とは比べるべくもない。一体どのような方法で帝国航宙軍の同期砲撃のタイミングを正確に計ったのか、弾速の差を考慮して着弾タイミングを調整したのかは全く想像もつかないが、まったくもって常識の埒外《らちがい》の神業である。

「しかし、あの怪物に止《とど》めの一撃を刺したご主人様には及びません。正に神業かと」

「あまり持ち上げられると調子に乗っちゃうから勘弁してくれ」

と言いつつ、煽《おだ》てられるのは気分が良いけどな！　称賛されて良い気持ちにならない奴《やつ》なんていないだろう。その相手が美人なメイドさんとくればもう言うことはない。最高だ。

「その結果、帝都で格式高いセレモニーに参加することがほぼ決定してるけどね」

「良い気持ちになっているところに冷水ぶっかけるのやめてくれませんかねぇ……？」

「で、でもヒロ様！　帝都ですよ帝都！　帝国の中心地、文化と美食の聖地です！」

「ミミも一緒にセレモニーに参加するんだぞぉ……」

「うぅっ……！　ヒロ様とエルマさんと一緒ならきっと大丈夫です！」

ミミは一瞬怯《ひる》んだが、可愛《かわい》いことを言ってなんとか持ち直した。ミミは可愛いなぁ、頭を撫《な》でてやろう。そーれもふもふもふ。

「帝都に着いたら色々と入り用だわね。ヒロは良いけど、私とミミの正装を仕立てないと……」

「なんで俺は良いんだ？」

「前にシエラⅢでクリスにオーダーしてもらってたでしょ」

「……おお！」

ポンと手を打つ。そう言えば確かにそんなこともあった。クリスが俺に貴族らしい服を見立ててくれてたんだよな。今はクローゼットの肥やしになってるけど、保存状態は完璧《かんぺき》なはずだ。

正直服に着られている感があったが、クリスを始めとして女性陣には好評だったのであれで問題ないのだろう。

「二人の正装の費用に関しては俺が出すから、金の心配はしなくていいからな」

「それは助かるけど、装飾品も合わせるとそれなりにするわよ？」

「そうは言っても二人分で座布団のフルアップグレードにかかる費用ほどじゃないだろ？」

「それはそうだけど……」

座布団というのは新人傭兵《ようへい》が最初に乗る船として有名な傑作マルチロール宇宙船の通称だ。フルアップグレードに凡《およ》そ80万エネルほどかかるが、それなら今回手に入る報酬で余裕で賄える。

「帝都、楽しみですね」

「ああ、うん。そうね」

俺はあんまり楽しみじゃないけど、ミミが楽しそうだからそう答えておいた。多分治安が滅茶苦《めちゃく》茶《ちゃ》良いだろうから、傭兵としてはあまり惹《ひ》かれる場所じゃないんだよなぁ。まぁ、宇宙帝国の首都ともなれば珍しいものも見られるか。うん、やっぱり少しだけ楽しみになってきたな。

☆★☆

「帝都かぁ、楽しみやなー。きっと見たこともない酒がぎょうさんあるんやろなー」

「お姉ちゃん……帝都にあるのはそれだけじゃないよ」

「？　なんやろ？」

「うちの帝都支社」

「……」

なんか姉妹が揃《そろ》ってチベットスナギツネみたいな顔になってるな。スペース・ドウェルグ社の帝都支社に何か思うところがあるんだろうか？　単にデカい支社だから報告とかで出頭しなきゃいけないのが面倒なだけかな？　まぁ、聞きほじるようなことでもないか。

「……」

エルマはエルマでなんだか妙に静かというか、思い悩んでいるような感じに見える。帝都行きが決まってからというもの、一人で静かに酒を飲んでいることが多くなっているようだ。かと思えば、急に俺の部屋に押しかけてきてやたらとひっついて甘えてきたりもする。なんだか情緒不安定になっているように見えるのは俺の気のせいだろうか？

「帝都、帝都～♪」

メイはいつも通りなので、テンションが高いのはミミだけである。俺？　堅苦しそうなセレモニーに出席することがほぼ確定しているのにテンションが上がると思うか？　俺は整備士姉妹と似たようなテンションだよ。

「ミミは楽しそうだなぁ……」

「食べ物も楽しみですけど、ファッションや音楽、芸術、あらゆる文化の中心地ですから！　もう楽しみで楽しみで」

ミミはにこにこしながらタブレットで帝都の観光地案内に目を通している。なんかものすごい数のチェックマークが並んでいるように見えるが、アレを全部回る気なのだろうか？　まさかな。というかそのマップの縮尺どうなってんの？　帝都ってどんだけ広いんだ？

「ご主人様」

メイの呼ぶ声に振り返ると、彼女は俺の見慣れないものを手に持っていた。黒々と鈍い光を放つ金属製の棒だ。警棒だろうか？　それを二本、彼女は手にしていた。

「ああ、どうした？　その棒は？」

「はい、超重圧縮素材の警棒です。連結して警杖《けいじょう》にすることもできます」

そう言って彼女は二本の警棒を連結し、警杖にしてみせた。連結するとセレナ少佐の剣と同じくらいの長さになっているように見える。なるほど。わからん。

「時間がありますので、よろしければレッスンをと思いまして」

「レッスン?」

「はい。剣術のレッスンです」

☆★☆

はてさて、何故《なぜ》レーザー飛び交うこの世界で貴族どもは未《いま》だに段平なんぞを振り回しているのか? そして何故彼らが恐れられているのか? これにはなかなかに複雑怪奇——と俺には思える——な理由がある。

まず、剣というものについてだが、これはグラッカン帝国の貴族にとって古くから権威の象徴として扱われてきたものであった。それ自体は別に珍しいこととは俺も思わない。地球でも中世の騎士然《しか》り、日本で言えばお侍さん然り、剣や刀といったものはある種の権威の象徴として扱われてきた歴史があるのだから。宇宙規模で封建制を維持している帝国の貴族がそういった伝統を古き良き時代からそのまま今に引き継いでいたとしてもさほど不自然ではないだろう。

まぁ、やはり銃は剣よりも強しという現実の前にはどうにもならなかったのか、一時期は本当にただの象徴と成り果てていたようだけど。数百年ほど前の貴族は腰に剣だけでなく銃も一緒に下げていたらしい。

しかし、生命工学が発達するにつれて事情が変わってきた。貴族は膨大な政務をこなすためにサイバネティクスやバイオテクノロジーによる自己改造というか、強化を施されるのが当たり前という風潮になってきたのだ。当初は寿命の増加、脳の活性化などを目的としていた強化処置であったが、寿命の増加を目的とした処置は結果として肉体を強靭《きょうじん》にし、脳の活性化を目的とした処置は情報処理能力等の飛躍的な向上を貴族に齎《もたら》した。

そして、材料工学の発達によって剣にも改良が加えられ続け、古来から貴族に受け継がれてきた剣術は肉体と脳の強化に合わせて更に進化、発展した。

元から極まった達人であれば放たれた弾丸を剣で切り払う『弾丸斬り』を可能としていたが、身体《からだ》と脳を強化した貴族にとって『弾丸斬り』はさほど難易度の高い技ではなくなった。

脳と身体の強化技術は今現在においても発展を続けており、貴族の操る剣術もまた日々発展を続けている。既に火薬で金属の弾丸を飛ばす武器は時代遅れとなり、強力なレーザー発振器から照射されるレーザー兵器が主役となっているが、今の貴族は光の速度で飛来するレーザー光線すらも切り払い、場合によっては射手に跳ね返してカウンターさえ見舞う。

ジェ◯イかよ、という俺のツッコミも宜《むべ》なるかな、というものであろう。

で、今の俺なんですが。

「いやいやいやいやいや無理無理無理無理ぎゃぁぁぁぁっ⁉」

「無理とか言いながらなんだかんだ対応できるのすごいなぁ」

「すごいねぇ」

俺は生身でメイと切り結んでいた。いや、メイが持っているのは超重圧縮素材の警棒だから、切り結んでいるという言葉は正確ではないか？　いやそんなことはどうでもいい。今はそんなことは大事な問題じゃない。

ヒュゴウッ、と背筋が凍りつくような音を立ててメイの左手に握られた黒い金属製の警棒が迫ってくる。俺はそれを必死に躱《かわ》し——間に合わないので右手に構えた剣を合わせて弾《はじ》くことにする。しかし漫然と刃《やいば》を合わせるだけでは逆に剣を弾かれて痛い目に遭うのは学習済みだ。

息を止める。それと同時に時間が引き延ばされてゆき、恐るべき速度で振るわれていたメイの警棒がまるで水中で激しい抵抗でも受けているかのようにゆっくりとした動きになる。

単に剣を合わせても得物《えもの》の重さと膂力《りょりょく》、それに得物を振るスピードで負けている俺に勝ち目はない。俺にできることは唯《ただ》一つ。こちらに向かってきている弱点に刃を合わせることだけだ。俺は正確に、かつ最短距離で警棒を持つメイの指へと刃を走らせる。

「っ！」

俺に向けて恐るべき速度で振るわれていた警棒の軌道が直角に近い角度で変わり、俺の顔目掛けて跳ねるように迫ってきた。僅《わず》かな首の動きでそれを躱し、警棒をはね上げて無防備になっているメイの胴へと左手に構えた剣を叩《たた》き込——もうとしたらメイの右手の手刀で剣の腹を叩かれて軌道を逸《そ》らされた。その手刀の威力も恐るべきもので、俺の左手から剣がもぎ取られかける。

「ぐげっ⁉」

そしてそのまま伸びてきた右手の手刀が形を変え、俺の首を掴《つか》んで締め上げながら持ち上げた。見事なネックハンギングツリーである。

「メイに勝つのは無理だと思うんだ……」

基本的な身体スペックがあまりにも違いすぎる。

「いえ、勝つ必要はないのですが……ご主人様、剣を扱うのは初めてなのですよね？」

「子供の頃《ころ》に棒きれでちゃんばら遊びくらいはしたことはあるけど、それくらいだな」

レッスンをする前にご主人様の今の実力を確かめましょう、といきなり警棒で殴りかかってきたのには驚いたが、身体に当てる時はちゃんと青痣《あおあざ》になるくらいに手加減してくれているからメイは優しいと思う。メイの身体能力そのままでぶん殴られたらグシャッてなるからな、ハハハ。身体がいてぇ。

「もしかして天性の剣の才能があるとか？」

「いえ、そういうわけでは多分ないのですが」

「そっかぁ……」

しょんぼりである。ちょっと期待したのに。

「足運びも身体の使い方も剣の握り方、振り方も未経験者のそれです。しかし、反射神経と刃の運び方が常人とは思えないですね。本当に強化手術などは受けておられないのですか？」

「そんなものを受けた記憶はないなぁ」

こっちの世界に来た経緯が不明だから絶対にされていないとは言い切れないけど、もしそんなことがあれば前に診察を受けた時にショーコ先生が何か言ってたと思う。だから多分そういうことはないだろう。

「いずれにせよ、ご主人様の反応速度が身体強化を施している貴族に匹敵しているという事実は素晴らしいことです。身体能力に関してはよく鍛えた常人の域を出ませんが、反応速度が高ければ白刃主義者の貴族を相手取っても良い勝負ができるでしょう」

「そんな化け物みたいな連中と生身で斬り合いなんて絶対に御免なんですが」

「ご主人様が望まずともそういった状況に追い込まれる可能性がゼロとは言えませんので。当然、私がお傍《そば》についてさえいれば何人が相手でもご主人様には指一本触れさせませんが、万が一ということもございます」

「まぁ、そうね……」

今までに巻き込まれた数々のトラブルを思い返し、メイの言うようなトラブルに巻き込まれる確率を脳内で計算する。うん、ほぼ避けられないような気がするぞ。絶対に絡まれる。そんな予感がして仕方がない。

「大丈夫です。私には高度な教導アセットも、剣術指南アセットもインストールされています。心配は無用です」

「おお」

「七十二時間でご主人様を立派な剣士にしてみせましょう」

「うん?」

「では、始めましょう。このようなこともあろうかとVR学習装置なども用意がございます。まずは正しい剣の握り方、振り方、重心の取り方や足捌《あしさば》きなどの基本から行きましょう。ビシバシと」

そう言ってメイは警棒をどこかへと仕舞い込み、どこからか細くてよくしなる鞭《むち》のようなものを取り出した。わぁ、叩かれたら痛そうだなぁ。

☆★☆

現在は大いに栄えているイズルークスセクターだが、当時はその中心地であるイズルークス星系も帝国航宙軍の結晶生命体に対抗するための前哨《ぜんしょう》基地が置かれているだけの辺境星系であり、今も大量のレアクリスタルが採掘され続けているイェーロム星系に至っては未探索の辺境領域の一つでしかなかった。

その原因は今もなおレアクリスタルの供給源となり続けている結晶生命体であった。その頃はまだ結晶生命体の生態などの全容は判然としておらず、また結晶生命体自体が当時の帝国航宙軍にとっても大変な脅威であった。

更に当時の帝国はベレベレム連邦を始めとした周辺各国とも緊張関係にあり、また支配下の未開拓星系も多く、帝国上層部は結晶生命体の巣食う未探索領域の調査や解放に消極的であったのである。

グラッカン帝国がイズルークスセクターの開発にリソースを積極的に投入するようになったのは、現在では『結晶戦役』と呼ばれている帝国航宙軍と傭兵《ようへい》の混成軍による結晶生命体殲滅《せんめつ》作戦が成功裏に終わってからのことだ。

当時、先述のように結晶生命体の生態の全容はまだ解明されていなかったが、結晶生命体が一定の周期で周辺星系に勢力を拡大しようとする生態だけは経験則として知られていた。

そのため帝国航宙軍も以前から結晶生命体の襲来に備えて彼らを撃退するに足る戦力をイズルークス星系に集めており、それが功を奏して結晶生命体の襲撃を撃退することにかろうじて成功していた。

そうした状況下で実施されたこの迎撃戦で華々しく歴史の表舞台に躍り出てきた傭兵がいる。そう、皆さんも御存知《ぞんじ》のキャプテン・ヒロである。帝国の公式記録にキャプテン・ヒロの活躍が記載されたのはこのイズルークス星系迎撃戦が最初である。

彼がイズルークス星系の前哨基地へと補給物資を運んできた時、既にイズルークス星系の帝国航宙軍前哨基地と迎撃艦隊は結晶生命体との戦闘状態に突入していた。

戦場に現れたキャプテン・ヒロはなんと単機で結晶生命体が無数にひしめく群れの中へと突入し、大型結晶生命体数体に致命的なダメージを与え、多くの結晶生命体を引きつけて囮《おとり》となり、押され気味であった帝国航宙軍が態勢を整える時間を稼ぎ出したのだ。

しかもそれでいて、戦闘が収束した後の彼の愛機は無傷であったという。彼はその英雄的な活躍によって栄えある銀剣翼突撃勲章を受勲している。

帝国航宙軍では結晶生命体の撃退完了後に未探索領域に向けて少数の偵察艦隊を送り出し、後続がいないかどうか確認するのが慣習であった。当時の基地司令もその慣習に従って偵察艦隊を送り出した。

通常であれば軽く偵察をして終了となるのだが、当時の偵察艦隊には通常ではない二つの要素が含まれていた。言うまでもなくその要素の一つはキャプテン・ヒロなのだが、もう一つの要素は帝国航宙軍側に存在した。

帝国航宙軍とキャプテン・ヒロという組み合わせを見ればお察しの方も多いであろう。その偵察艦隊にはあの姫将軍セレナ・ホールズ（当時の階級は少佐）の率いる対宙賊独立艦隊が組み込まれていたのだ。

偵察艦隊は被害を受けながらもイェーロム星系に結晶生命体の中枢存在であるマザー・クリスタルを発見し、持ち帰った情報を元に姫将軍セレナ・ホールズによって結晶生命体殲滅作戦の作戦立案が行われた。前哨基地司令は作戦の実行を承認し、即日で臨時の連合艦隊が結成された。

派遣された連合艦隊はイェーロム星系において奮戦し、マザー・クリスタルの撃破に成功するのだが、その戦いでもキャプテン・ヒロが大活躍した。彼はまたもや単機でマザー・クリスタルに肉薄し、超至近距離で対艦反応弾頭魚雷をそのコアに命中させたのだ。

この頃からキャプテン・ヒロは傭兵仲間達からキャプテン・〝クレイジー〟・ヒロと呼ばれ始めることとなる。

なお、コアをピンポイントで破壊された惑星級の大きさを誇るマザー・クリスタルの本体は今もイェーロム星系に存在しており、グラッカン帝国がイェーロム星系を支配下に置いてから今に至るまで大量のレアクリスタルを帝国に供給し続けている。

#EX：セレナ少佐の非番な一日

残念ながら、イズルークス星系に配備されている戦力は帝国航宙軍の主力とは言い難い。言ってしまえば二線級の戦力だ。最新型の艦が配備されているのは我が艦隊だけで、その他の艦隊は凡《およ》そ二世代前——下手《へた》すると三世代前の旧型艦である。

特に三世代前の旧型艦は砲戦能力はともかくとして近接防御能力に難があり、多数の小型の敵を相手取る場合には艦載機や小型艦、コルベット等による防空援護が欠かせない——のだが、現状そういった防空戦力の頭数が足りていない。砲戦重視の旧型艦が多いため、そもそもの配備数が少ないのだ。

そのため、第二次遠征に向けては軍内部だけでなく傭兵ギルドとの調整も必要になった。要は、防空戦力が足りない分を傭兵の駆る小型艦で補おうというわけである。実際のところ、そういった需要があるためにこのイズルークス星系には一定数の傭兵が常に滞在していた。

そんな彼らに対する様々な調整を行うため、私は非番であるにも拘《かかわ》らず軍服を着込んで傭兵ギルドへと足を運んでいた。

帝国航宙軍の少佐という立場だけでなく、ホールズ侯爵家令嬢という立場も最大限に使った半ばゴリ押しに近い交渉だ。ホールズ侯爵家は傭兵ギルドにも様々な兵器メーカーにも大きな影響力を有している。こういう時に実家の威を借りて物事を運ぶのはどうなのだと自分でも思わなくはないが、使えるものはなんだって使う。それが自分だけでなく、部下を守るためになるのであれば尚更《なおさら》だ——と、そんな感じで自ら傭兵ギルドへと出向いて調整を終えたその帰り、傭兵ギルドの建物の出入り口で彼とバッタリ出会った。

「げっ」

「げっ、とはなんですか。げっ、とは」

私と顔を合わせるなり、彼は貴族の令嬢にして帝国航宙軍の少佐に吐くのにはあまりに不適切な鳴き声を上げた。いや、今しがた傭兵ギルド内でしてきたことを考えれば、意外と不適切でもないのだろうか？　それはそれとしてそんな声を上げられて愉快な思いなど抱けるはずもない。

「前々から思っていましたが、私に対する貴方《あなた》の態度はあまりに酷《ひど》くありませんか？　貴族だ少佐だ以前に、妙齢の女性に対する態度として論外だと思います」

「そう言われると反論のしようもない。でも、こう……本能的にな？」

私の指摘に彼が苦笑いを浮かべる。そんな彼の発言には温厚な私も流石《さすが》にカチンと来た。

「本能的に無理というのはこれ以上なく無礼な発言では？」

あまりの怒りに思わず頬《ほお》が引《ひ》き攣《つ》る。自分で言うのもなんですが、私は美人なほうだと思います。客観的に見て美人と言われる顔立ちだと思います。大事なことなので二回言いますけど。

それにプロポーションだって悪くないはずです。忙しい執務の合間にちゃんと身体《からだ》を動かしている。なんなら今すぐファッションモデルとして働けるくらいの美貌《びぼう》のはずである。たぶん。

「正直すまんかった。この通り謝る」

怒れる私を前にした彼が情けない表情で両手を合わせて謝ってくる。ふむ。

「謝りましたね？　なら謝罪の気持ちを行動で表してもらいましょうか」

「なんですと？」

私の発言に彼が目を見開いて驚く。良いですね、その表情。なんだか胸がスッとします。

「どこか面白いところに連れて行ってください。今、すぐ。ちゃんとエスコートしてくださいね」

「なんという無茶振り……というかその格好のままでですか？」

「平服の人間よりも軍服の人間のほうが多い場所です。気にする必要はないでしょう」

そう言って肩を竦《すく》めてみせる。普通のコロニーなら軍服姿で行動すると目立って仕方がありませんが、このイズルークス前哨基地では平服姿でうろつくほうがかえって目立ちます。

「なるほど。とは言えエスコートしようにも土地勘がないんですが」

「貴方もクルー達とお出かけくらいはしたでしょう？　そこで構いませんよ」

「えぇ……セレナ少佐が行ってもつまらない場所だと思いますが」

そう言って彼が渋り始める。なんだかそう渋られると逆にそこに行きたいという気持ちが芽生えてくるのですが。私はこんなに天《あま》の邪鬼《じゃく》な性格だったでしょうか？

「そう渋られるとかえって興味が湧《わ》いてきますね。連れて行ってください」

「えぇ……先に断っておきますけど、文句を言うのはナシですよ？」

そう言いつつ彼が踵《きびす》を返して歩き始める。そう言えば、彼の用事は良かったのだろうか？

「傭兵ギルドに用があったのでは？」

「暇だから顔を出しただけです」

そう言いながら彼はこっちを向かずに肩を竦める。それでも歩くペースを私に合わせてくれている辺り、なんだか慣れを感じさせます。少しモヤモヤしますね。この女たらし。

「色々と調整が大変なんでしょう？　良いんですか、こんな感じで油を売っていても」

歩くペースを調整して私の横に並んだ彼がそう言いながらこちらの顔色を窺《うかが》ってくる。ふむ、こうして見ると美男とまでは言えなくとも、割と整った顔立ちをしていますよね、この人。ちょっと目つきが悪いのがマイナスですが。

「軍人にだって非番はありますよ」

「非番なのに働いてたんか。身体壊しますよ」

「そんなにヤワじゃありませんよ。鍛えてますから」

「そういう問題じゃないと思うんですがね」

何かわけのわからないことを言っていますが、こちらの体調を慮《おもんぱか》っているのは伝わってきますね。何故《なぜ》そういう思いやりの精神を最初に発揮できないのか……私は根に持ちますよ、ああいうのは。

「ここなんですが」

「……ここですか？」

彼が私を案内したのは軍用物資の放出品を扱う店でした。何故こんな場所に？　女性を連れてデートをするのにはあまりに向いていない場所では？

「だから少佐殿にとってはつまらない場所だろうって言ったじゃないですか」

「まぁ良いです。入りましょうか。参考までにどういう意図でこの店に？」

「エルマに案内されて来たんですよ。ミミが興味を持ちそうなモノを売ってるわよ、ってことでね」

そう言って彼はスタスタと勝手知ったるという様子で店の奥へと足を踏み入れていった。

彼の後を追いながら並べられている商品に視線を向ける。対レーザー塗装の剥《は》げかけた古臭いコンバットヘルメット、プライマリ・ウェポンホルダーが一つ脱落している二世代前のコンバットアーマー、新品同様のマルチスキャナー搭載バイザー……これは一世代前の品ですが、何故ここに？　明らかに新品に見えるのですが。まだ更新の済んでいない部隊では使用されている品です。放出品として出回るには早い品のはずですが。

「何か気になるものでも？」

「ええ、まあ。欲しいとかではないですけれど」

どういうルートで入ってきた品でしょうか。気にはなりますが、調査をするのは私の職域を超えていますね。一応後で前哨基地の備品管理課に通報だけしておきますか。

「目的はこれだったんですよ」

「……コンバットレーションですか？」

「ええ、まぁ。うちのミミの趣味は美食でして。食べたことのないものがあると是非食べてみたいという」

「ああ、そう言えばそうでしたね……それにしてもコンバットレーションとは、物好きですね」

「少佐も食べたことが？」

「士官学校時代に何度も。艦隊勤務になってからは口にしていませんね」

士官学校の教育課程には歩兵としての訓練もある。時に帝国の剣となり盾ともなる貴族士官候補生だからといって免除されるようなことはない。訓練用の歩兵銃やコンバットアーマーを装備し、負荷をかけるための重石《おもし》入りバックパックを背負って泥濘《でいねい》の中を這《は》いずり回ることになる。もっとも、貴族士官候補生の大半は身体強化済みなので、音を上げる者はまずいない。精神的な負荷に耐えられるかどうかというだけの話だ。

「ただ、これは私も食べたことのないバージョンのものですね。私が貴族士官候補生だった頃《ころ》のものとメニューの内容が違います」

「貴族士官候補生」

「妙なところに反応しますね……士官になるには士官学校を出る必要があります。当たり前でしょう？」

「なるほど。でも敢《あ》えて貴族とつけて区別する意味は？」

「無論あります。貴族は身体強化を受けている者が多いですからね。未強化の人間と比べると身体能力も脳の処理能力も格段に上です。そんな貴族とそうでない者を一緒くたに訓練してもうまく行きませんから」

「ははぁ、なるほど。つまり身体強化を施している貴族は生き物として平民よりは上というわけですか」

「そこまでは言いません。強化処置がなければ貴族も平民も変わりがありませんから。そもそも、その強化処置を行うための富は元はと言えば民の血税です。単なる区別ですよ。だからこそ民の血税で強化処置を受けている我々貴族は民を守るために前に立たなければなりません。剣として、盾として」

我ながらいけしゃあしゃあと、と思わないでもないですが、これが建前というやつです。私などは自分よりも弱い男と結婚させられるのは御免だという理由で軍に入り、その後もお祖父《じい》様やお父様が連れてくる軟弱な婚約相手（仮）を全員叩《たた》き伏《ふ》せて少し長めのモラトリアムを軍で過ごしているだけの……そう、少し長めのモラトリアムを満喫しているだけの清純清楚《せいそ》な乙女です。ええ、そうですとも。何も焦っていたりはしません。

「立派だな……うーん、これが高貴なる義務《ノブレス・オブリージュ》というやつか」

彼は私の建前を聞いて感心し、うんうんと頷《うなず》いています。こういう素直なところは大変に可愛《かわい》いのですよね、この人。たまに憎たらしいくらいふてぶてしい態度を取ってくるんですけど。

「ところで、買うんですか？」

「ワンセット四十八種買ったからいらないです。皆でとりあえず四つだけ開けたけど、まぁまぁ食えないこともない味だったよ」

「そうですね、やはり食事は士気を大きく左右しますから。帝国のレーションはまぁまぁ美味《おい》しいほうだそうですよ」

「まぁまぁなんだ」

「ええ、まぁまぁです。ここに置いてあるのは通常仕様のコンバットレーションですから、評判は悪くないものですね。過酷環境用のものはちょっと酷いですよ」

「え、なにそれこわい。どんなのなんです？」

「ここにもあるんじゃないでしょうか。ええと……」

辺りを見回すと、コンバットレーションが陳列されている区画の隅に過酷環境用のレーションがこっそりと置かれていた。値段を見るとやはり安い。通常仕様のものと比べると半額以下だ。

「これですね」

「随分とコンパクトだな」

彼の言う通り、大変にコンパクトな見た目だ。一食分の重さも大きさも通常仕様のレーションと比べて半分以下である。

「内容物は高タンパクソーセージと高カロリーバー、そして栄養補給ゼリーとなっています」

「……それだけ？」

「はい、それだけです。カロリー、ミネラル、ビタミン全《すべ》て必要摂取量を満たすようになっているそうですよ」

「今の時代の軍隊がこれを食わなきゃならん過酷環境ってどんなのだよ……」

「意外と多いですよ？　私や貴方のようなヒューマンが過ごすには過酷な環境の惑星はごまんとあります。そんな場所にも帝国の支配は及びつつありますし、そのような過酷な環境を住み良い環境にすべく奮闘する者達がいます。そしてそういった者達を守ろうとする帝国軍人も」

「ははぁ、そいつはご苦労なことだなぁ……しかし考えてみれば俺も長時間の戦闘状態を維持しなきゃならんこともあるかもしれんな。いくつか買っておこうかな」

などと言いながら彼は過酷環境用のレーションパックが一ダース入っているパッケージを小脇に抱えた。先日通常仕様のレーションパックをワンセット買ったという話だったのに、大丈夫なのだろうか？　まぁ、彼の母船はたった五人や六人程度で乗るのには広すぎるくらいの大きさだから、あの程度の余分な荷物を積む余裕くらいはありそうだ。

「そう言えばふと疑問に思ったんだが、セレナ少佐の率いる対宙賊独立艦隊って全部でどれくらいの人数がいるんだ？」

「それは機密情報ですね。どうしてそんなことを？」

「いや、本当にただどれくらいなんだろうと思っただけだよ。ほら、うちはクリシュナとブラックロータスで合わせて六人で回しているだろ？　メイの力を借りているとはいえ、あれだけの大きさの船をたった六人で運用できるんだから、対宙賊独立艦隊も意外と少ない人数で回しているのかなってな」

どうやら単なる知的好奇心であるようだ。彼は年齢の割に好奇心が強めのように思える。年齢の割に幼く見えるのはどうやら外見のせいだけでないらしい。

「なるほど、知的好奇心ですか。ですが知的好奇心で軍の機密を探るのはおすすめしませんよ。聞かなかったことにしておきます」

「感謝する」

ちなみに、私の部下は全員合わせて凡そ五百名ほどだ。五百名のうち凡そ百名は宇宙海兵なので、実質的には四百名ほどで艦隊を回せるように運用している。無論、百名の海兵も平時に遊んでいるわけではないけれど。我が艦隊の編成は戦艦一隻、巡洋艦五隻、駆逐艦三隻、コルベット二隻、の計十一隻なので、平均すると一隻あたりの搭乗人数は凡そ四十五名となる。

まぁ、戦艦とコルベットでは大きさも運用に必要な人数も違うのであくまでも平均値だが。レスタリアスなどは全長一千メートルを軽く超える特大型艦であるわけだし。

そんな巨大艦船を少人数で回せるようになっているのはそれだけ艦の運用が高度にオートメーション化されているということである。特に整備関係が。人力だけでレスタリアスのような特大型艦の運用をしようとしたら、五百人全員で取り掛かったとしてもまったく人手が足りないだろう。

彼の会計を済ませ、船への荷物発送手続きを終えたので店を出ることにする。場合によっては数日内に備品管理課の査察が入るかもしれないが、やましいところがなければ大事には至らずに済むだろう。私見ではかなり怪しいけれど。

「それで、次はどこに連れて行ってくれるのですか？」

「無茶振りせんでくださいよ。地理に詳しくないって言ったじゃないですか」

彼の口調がだいぶ砕けてきた。良い傾向だ。彼は少し間を空けるとすぐに他人行儀になってしまう。まるでなかなか懐かない猫か何かのようだ。ああ、猫といえば実家で飼っていた猫は元気だろうか。黒い毛の猫で、あの子もなかなか懐かない子だった。だけどいつの間にかすぐ近くにいたりして、機嫌が良いと撫《な》でさせてくれたりもしたものだ。

「何故身構えているのですか？」

「何か身の危険を感じて」

「なんですかそれは、失礼な……それで、どこかに連れて行ってくれないのですか？」

「申し訳ないんですが、俺ぁこの辺の遊びってのに詳しくないんですよね」

「私もです。似た者同士ですね」

互いにお手上げ状態だ。帝都なら私もある程度は案内できる場所があるのだが、この前哨《ぜんしょう》基地ではそのような場所もない。娯楽施設がないわけではないのだが……ああいや、少し不健全だが良い場所があった。

「一つ案があります」

「聞きましょう」

「泳ぎに行きませんか？」

「？？？」

彼が目を丸くして驚きを顕《あらわ》にする。ふふ、その顔が見られただけでも悪くないですね。

☆★☆

少し歩き、二人で入った施設の中で別れて着替える。当然ながら更衣室は別だ。未婚の貴族の娘が殿方に肌を晒《さら》すなど以《もっ》ての外です。では水着は良いのか？　と言われると返答に窮してしまいますが。まぁビキニなどでなければ問題ないでしょう。

「Ｏｈ……マーベラス」

「あまり無遠慮に見るのもどうかと思いますが」

水着なら恥ずかしくない、と思っていましたが思いの外恥ずかしいですね。顔には出しませんが。出てないですよね？　うん、きっと大丈夫。

「しかし前哨基地にこんな施設があるとは」

「前哨基地には熱源が多いですからね。冷却液として使われている水の一部をこうしてレクリエーション用として流用しているわけです」

前哨基地では基地が稼働するためのエネルギーを生み出すジェネレーターや防衛用のレーザータレットなど、熱源には事欠かない。どちらかと言えばいかに熱を逃がすかということに苦心している面が多いのだ。

「なるほど……？　まぁ、良い運動にもなるしアリなのかね？」

「低重力区画で働くことの多いエンジニアはよく利用しているようですよ」

「つっても誰《だれ》もいないが」

そう言って彼がプール内を見回す。それはそうだろう。ここは貴族士官用のプールだ。利用料金は少々高いが、時間単位で貸し切りにすることもできる。

いち軍人としてはこういった贅沢《ぜいたく》な施設はどうかと思わなくもないが、使えるものならなんだって使う。私は合理主義者なので。

「幸運なことに貸切状態みたいですね。まぁ、余人の目を気にする必要がないのは気楽で良いではないですか」

「それもそうか」

彼は細かいことを気にしないことにしたらしい。そして何か妙な動きを始めた。なんだろう？　踊っている……？　というわけではなさそうだ。

「何をしているんですか？」

「水に入る前には準備運動をするのが常識だろう？」

「寡聞にして存じ上げませんが」

「マジかよ。ちゃんと準備運動しないと足とか攣って危ないぞ」

そう言って彼は奇妙なポーズをとって手足や背中の筋肉を伸ばし始めた。ふむ、やっていること自体はストレッチですね。確かに運動前に柔軟運動をすると運動効率が上がり、事故も少なくなります。もっとも、私のように身体強化が施されている人間には無用なのですが。

しかしこうしてみると彼はなかなか良い身体をしていますね。程よく鍛えられ、引き締まった良い肉体です。上半身に比べると若干下半身の筋肉が物足りない気がしますが。

「随分とじっくり俺の身体を見るじゃないか。実は少佐殿は結構なむっつりさんなのか？」

「んなっ⁉」

この人は何ということを言うのでしょうか⁉

「変な動きをするからなんとなく視線が吸い寄せられただけです！」

「ははは、冗談冗談。ほら、少佐殿も真似《まね》して。まずは右足を前に出して左足で突っ張って……そうそう、ふくらはぎとアキレス腱《けん》を伸ばす感じで」

彼は憤慨する私に何故か微笑《ほほえ》ましい表情を向けながら私にもストレッチを強要してきました。

まぁ、良いでしょう。こうしてストレッチ——準備運動をしていれば彼も私の水着姿をじっと見ることになります。ビキニではないワンピースタイプの水着ですが、身体のラインはそれなりに出ます。胸元もかなり押さえられてしまいますが、それでも女性らしさを十分に見せつけることになっているはずです。

「うーん、流石《さすが》は軍人。良い身体してるなぁ。ああ、強化処置の影響もあるのかね？」

この男、完全に性的な意味でなく単純に筋肉的な意味で私の身体を観察していますね。おかしくありませんか？　大事なことだからもう一度言いますが、私は客観的に見てかなり美人の部類のはずなのですが？

「どうして」

「はい？」

「どうしていやらしい目で私を見ないんですか⁉」

「ええ……」

なんですかその残念なものを見る目は。怒りますよ？　パンチしますよ？　この強化された肉体で泣きながら殴打しますよ？

「少佐殿」

「なんですか」

「俺は未強化ですよ。いくら少佐殿が美人でも、強化済みの少佐殿にそんな不躾《ぶしつけ》な視線を送ったり、あまつさえ襲いかかったりするわけがないでしょう。人間はゴリラには勝てないんです」

「誰がゴリラですか。というか真顔で言うのやめてくれません？　握《にぎ》り潰《つぶ》しますよ？」

「そういうとこだよ！」

そう言って彼はプールに飛び込みました。む、逃げるつもりですか。というか見たことのない泳法ですね。意外と速い。しかし強化された私の肉体に勝てるとは思わないで頂きましょう。

「待ちなさい！」

「うっそだろお前その距離飛ぶの⁉　うぎがぼごぼ⁉」

ふふ、貴方の息は何分保《も》ちますかね？　私をゴリラ扱いした報いを受けてもらいますよ。

あとがき

『目覚めたら最強装備と宇宙船持ちだったので、一戸建て目指して傭兵《ようへい》として自由に生きたい』の六巻を手に取っていただきありがとうございます！


ではいつもの作者の近況コーナー。

最近は友人に誘われて四人組で銀行強盗をするゲームとかやってます。ステルスガン無視で銀行強盗っていうか押し込み強盗……いや、なんか重武装テロリストみたいになってますけど。

一人でもステルスする気無い人がいるとどうしてもそうなっちゃうからね。仕方ないね。

後は恐らく探偵小説の主人公としては世界一有名な英国のあのお方のゲームとか。洞察力が最早《もはや》人外過ぎますね、あの人。髭《ひげ》の剃《そ》り残しとか服装、ハンカチの柄や指輪からどんな人物なのかピタリと言い当てるとか恐ろしい。いつかそんな洞察力に優れる超人みたいな主人公の話も書いてみたいものです。


さて、作者の近況というか遊んだゲームの話はこれくらいにして、本巻の内容をいつものようにざっとお話ししましょう。

今回は帝国航宙軍と結晶生命体との争いにヒロが介入し、その戦闘能力が初めて帝国航宙軍に詳《つまび》らかにされるお話です。

これで帝国の偉い人達に完璧《かんぺき》にロックオンされるよ！　やったね！　ヒロにしてみれば面倒ごとの火種でしかないのでしょうけど。良いぞもっとその調子で苦労していけ。

他にはクルー達との絡みが結構加筆されています。セレナ少佐の出番もあるよ！　やったね！


本巻の内容についてはこれくらいにしておいて、今回も本編ではあまり詳細に語られない、ちょっとした設定コーナーに行きましょう。

今回は航宙艦の大きさと搭乗人数について。

本作品の航宙艦の大きさはヒロが言うところの小型艦で全長凡《およ》そ二十メートルから五十メートル以下。中型艦は幅が広く、全長凡そ六十メートルから三百メートル以下、大型艦で三百メートルから六百メートル以下といった具合です。軍用艦の場合はまたちょっと区分が違ってくるのですが、最大級の正規航宙母艦で全長二千五百メートルほど。戦艦が千五百メートルほど、巡洋艦は千メートル以下といった感じです。コルベットは中型艦ほどの大きさ、駆逐艦は大型艦ほどの大きさとなります。

ちなみにクリシュナは全長四十～五十メートルくらいで小型艦として分類されるギリギリ上限いっぱいくらいの大きさ、ブラックロータスは全長四百～五百メートルで大型艦に分類されます。まぁ、ブラックロータスは中型艦を収容できないので、母艦の分類としては中型母艦になるのですが、その話は詰め始めると搭乗人数の話ができなくなるので横に置きましょう。

本作品の航宙艦は高度なオートメーション化によって非常に少ない人数で運用できるようになっ

ています。クリシュナも最大搭乗員数はたったの五名です。最大搭乗員数は五名ですが、一人で十分に運用できるように設計されています。ちなみに大型艦に分類されるブラックロータスの最小搭乗員数は三名ですが、メイはマシンスペックに物を言わせて一人で操艦しています。

千五百メートル級のレスタリアスでも最小十名程度で運用できるように設計されており、戦艦一隻、巡洋艦五隻、駆逐艦三隻、コルベット二隻で構成されているセレナ少佐の対宙賊独立艦隊の人員総数は白兵戦を行う海兵を含めても中隊規模——つまり二百人程となります。

アメリカ海軍のミサイル巡洋艦の搭乗員数が三百名以上であることを考えると、非常に少ない人員で艦を動かせるようになっていることがよく分かりますね！

さて、今回はこの辺りで失礼させていただきます。

担当のKさん、イラストを担当してくださった鍋島《なべしま》テツヒロさん、本巻の発行に関わってくださった皆様、そして何より本巻を手に取ってくださった読者の皆様に厚く御礼申し上げます。

次は七巻で会いましょう！　きっと出ると私は信じています！　頑張る！

リュート

カドカワBOOKS

目覚《めざ》めたら最強《さいきょう》装備《そうび》と宇宙船《うちゅうせん》持《も》ちだったので、
一戸《いつこ》建《だ》て目指《めざ》して傭兵《ようへい》として自由《じゆう》に生《い》きたい 6

2021年10月10日　初版発行

著者／リュート

発行者／青柳昌行

発行／株式会社KADOKAWA

〒102-8177
東京都千代田区富士見2-13-3
電話／0570-002-301（ナビダイヤル）

編集／カドカワBOOKS編集部

印刷所／大日本印刷

製本所／大日本印刷

●お問い合わせ
https://www.kadokawa.co.jp/（「お問い合わせ」へお進みください）
※内容によっては、お答えできない場合があります。
※サポートは日本国内のみとさせていただきます。
※Japanese text only

Printed in Japan
ISBN 978-4-04-074263-2 C0093

新文芸宣言

かつて「知」と「美」は特権階級の所有物でした。

15世紀、グーテンベルクが発明した活版印刷技術は、特権階級から「知」と「美」を解放し、ルネサンスや宗教改革を導きました。市民革命や産業革命も、大衆に「知」と「美」が広まらなければ起こりえませんでした。人間は、本を読むことにより、自由と平等を獲得していったのです。

21世紀、インターネット技術により、第二の「知」と「美」の解放が起こりました。一部の選ばれた才能を持つ者だけが文章や絵、映像を発表できる時代は終わり、誰もがネット上で自己表現を出来る時代がやってきました。

UGC（ユーザージェネレイテッドコンテンツ）の波は、今世界を席巻しています。UGCから生まれた小説は、一般大衆からの批評を取り込みながら内容を充実させて行きます。受け手と送り手の情報の交換によって、UGCは量的な評価を獲得し、爆発的にその数を増やしているのです。

こうしたUGCから生まれた小説群を、私たちは「新文芸」と名付けました。

新文芸は、インターネットによる新しい「知」と「美」の形です。

2015年10月10日

井上伸一郎

FLOS COMICにて
コミカライズ連載中!
漫画・shoyu
憧れの後宮はトラブルだらけでした!?
新米宮女、医療チートで大活躍!
風邪の予防にアルコール消毒!
呪い信者の道士と医学論争!?
無害な化粧品づくり!
第4回カクヨムWeb小説コンテストキャラクター文芸部門
〈特別賞〉

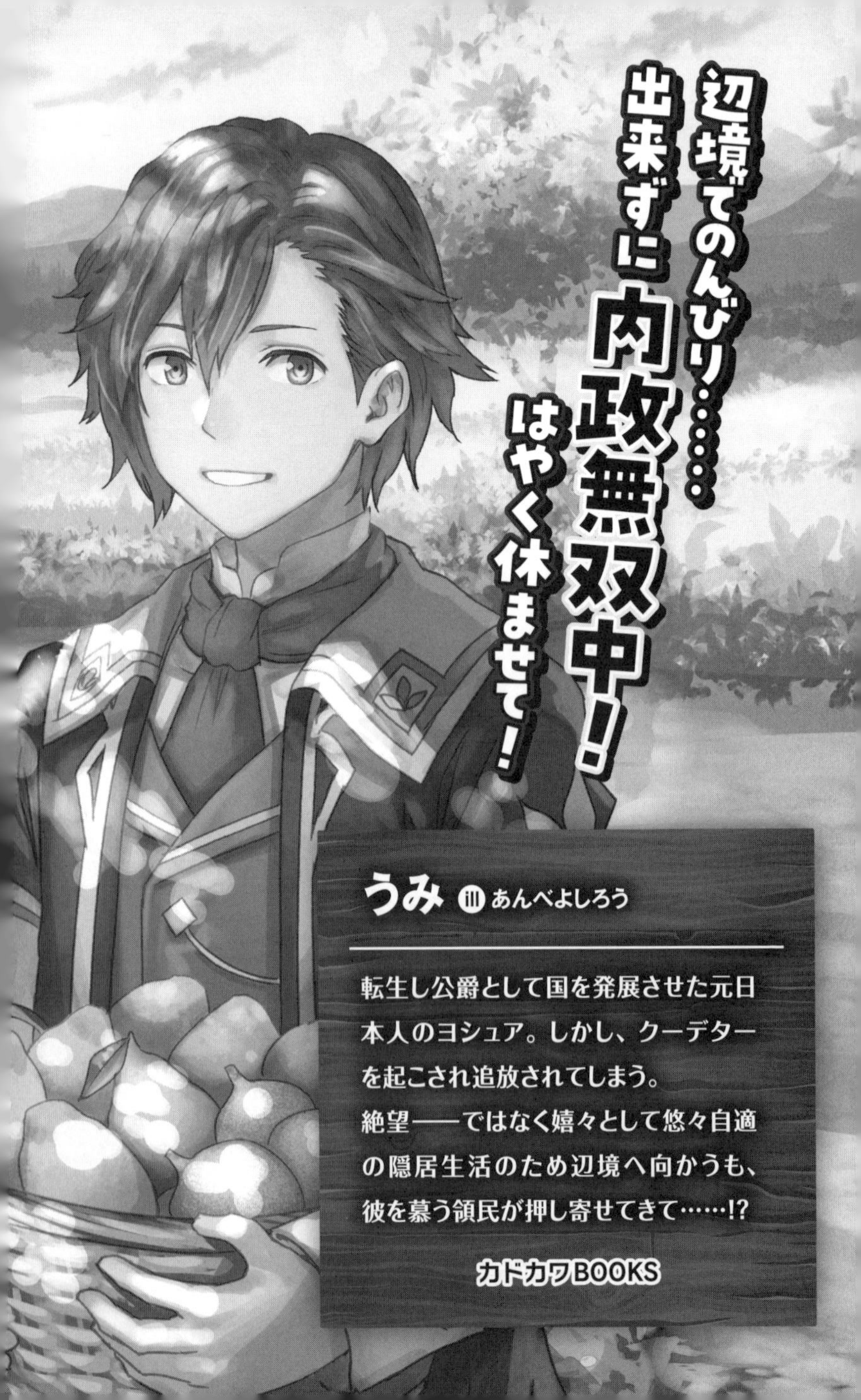

辺境でのんびり……

出来ずに内政無双中！

はやく休ませて！

うみ ill あんべよしろう
転生し公爵として国を発展させた元日本人のヨシュア。しかし、クーデターを起こされ追放されてしまう。

絶望――ではなく嬉々として悠々自適の隠居生活のため辺境へ向かうも、彼を慕う領民が押し寄せてきて……!?

カドカワBOOKS

The exiled reincarnated duke wanted to take it easy on the frontier and work the fields.
追放された転生公爵は、
辺境でのんびりと畑を耕したかった
～来るなというのに領民が沢山来るから
内政無双をすることに～
少年エースplusにて
コミカライズ
連載中！
漫画：佐藤夕子
シリーズ好評発売中！

竜と精霊と聖女の力で……
領地がめちゃめちゃ強くなってます!?
B's-LOG COMIC ほかにて
コミカライズ連載中！
漫画：黒野ユウ

発売即緊急重版
役立たずと
言われたので、わたしの家は
独立します！
～伝説の竜を目覚めさせたら、なぜか最強の国になっていました～
遠野九重
ill 阿倍野ちゃこ
カドカワBOOKS
言いがかりで婚約破棄された聖女・フローラ。そんな中、魔物が領地に攻め込んできて大ピンチ。生贄として伝説の竜に助けを求めるが、彼はフローラの守護者になると言い出した！　手始めに魔物の大群を一掃し……!?

奇跡に詠唱は要らない――
気弱で臆病だけど最強な
魔女の物語、書籍で新生！

重版続々!
サイレント・ウィッチ
沈黙の魔女の隠しごと
Secrets of the Silent Witch
B's-LOG COMIC
ほかにて
コミカライズ
連載中!
依空まつり　Illust 藤実なんな
〈沈黙の魔女〉モニカ・エヴァレット。無詠唱魔術を使える世界唯一の魔術師で、伝説の黒竜を一人で退けた若き英雄。だがその本性は——超がつく人見知り!? 無詠唱魔術を練習したのも人前で喋らなくて良いようにするためだった。才能に無自覚なまま"七賢人"に選ばれてしまったモニカは、第二王子を護衛する極秘任務を押しつけられ……?
気弱で臆病だけど最強。引きこもり天才魔女が正体を隠し、王子に迫る悪をこっそり裁く痛快ファンタジー!
シリーズ好評発売中!
カドカワBOOKS

1巻即重版の人気シリーズ!!
魔物の魔石を食べて強くなれるのは、この世界でオレだけ！
コミックス好評発売中!!
作画：菅原健二
魔石グルメ
結城涼
ILL. 成瀬ちさと
カドカワBOOKS
転生特典のスキル【毒素分解EX】が地味すぎて、伯爵家でいびられるアイン。しかし母の離婚を機に隣国の王子だと発覚！　しかもスキルのおかげで、魔物の魔石を食べてその能力を吸収できる体質らしく……？

魔石グルメ
魔物の力を
食べたオレは
最強！

【修復】スキルが
万能チート化したので、
武器屋でも開こうかと思います
星川銀河 ill. 眠介
最強素材も
【解析】【分解】【合成】で加工！
セカンドキャリアは絶好調！
白泉社アプリ
『マンガPark』にて
コミカライズ
連載中!!!!
漫画：榎ゆきみ
カドカワBOOKS

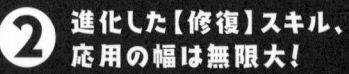

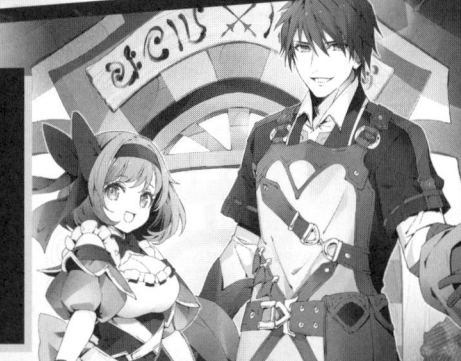